JN084294

古 井 由 吉

その文体と語りの構造

高沢公信

西田書店

古井由吉・その文体と語りの構造●目次

語りのパースペクティブ

「眉雨」論

語りのパースペクティブ

語りのパースペクティブ

　文学の描写はすべて一つの眺めである。あたかも記述者が描写する前に窓際に立つのは、よくみるためではなく、みるものを窓枠そのものによって作り上げるためであるようだ。窓が景色を作るのだ。（ロラン・バルト／沢崎浩平訳『Ｓ／Ｚ』）

　語りのパースペクティブとは、語るものがどこから、どこまでを視野に入れて、語られるものについて語っているのか、ということにほかならない。ここで必要なのは、「誰がしゃべっているのか。」（Ｒ・バルト、前掲書）を明確化することではない。書き手であれ、語り手であれ、主人公等作中人物であれ、ここでは関係ない。語っている"とき"（ところ）から語られている"とき"（ところ）までの奥行、つまり語りがどこまで届いていくかという深度のみが問題なのだ。

Ⅰ・語りの位置

日本語の「詞」と「辞」
　周知の通り、時枝誠記氏は、日本語では、

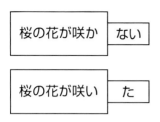

における、「た」や「ない」は、「表現される事柄に對する話手の立場の表現」(時枝誠記『日本文法口語篇』)、つまり話者の立場からの表現であることを示す「辞」とし、「桜の花が咲く」の部分を、「表現される事物、事柄の客體的概念的表現」(時枝、前掲書)である「詞」とした。つまり、

　　(詞)は、話し手が対象を概念としてとらえて表現した語です。「山」「川」「犬」「走る」などがそれであり、また主観的な感情や意志などであっても、それが話し手の対象として与えられたものであれば「悲しみ」「よろこび」「要求」「懇願」などと表現します。これに対して、(辞)は、話し手のもっている主観的な感情や意志そのものを、客体として扱うことなく直接に表現した語です。(三浦つとむ『日本語はどういう言語か』)

　そして、終止形等のように、「認識としては存在するが表現において省略されている」(三浦、前掲書)場合の、

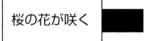

　「■」部分は、「言語形式零という意味」（三浦、前掲書）で、「零記號」（時枝、前掲書）と呼んでいる（以下では、「ゼロ記号」と表記する）。いずれにおいても、

が、日本語の表現構造になっており、辞において初めて、そこで語られていることと話者との関係が明示されることになる。即ち、

　第一に、辞によって、話者の主体的表現が明示される。語られていることとどういう関係にあるのか、それにどういう感慨をもっているのか、賛成なのか、否定なのか等々。

　第二に、辞によって、語っている場所が示される。目の前にしてなのか、想い出か、どこで語っているのかが示される。それによって、"いつ"語っているのかという、語っているものの"とき"と同時に、語られているものの"とき"も示すことになる。

　さらに第三に重要なことは、辞の"とき"にある話者は、詞を語るとき、一旦詞の"とき""ところ"に観念的に移動して、それを現前化させ、それを入子として辞によって包みこんでいる、という点である。

「辞」の入子構造

　三浦つとむ氏の的確な指摘によれば、

　　われわれは、生活の必要から、直接与えられている対

象を問題にするだけでなく、想像によって、直接与えられていない視野のかなたの世界をとりあげたり、過去の世界や未来の世界について考えたりしています。直接与えられている対象に対するわれわれの位置や置かれている立場と同じような状態が、やはりそれらの想像の世界にあっても存在するわけです。観念的に二重化し、あるいは二重化した世界がさらに二重化するといった入子型の世界の中を、われわれは観念的な自己分裂によって分裂した自分になり、現実の自分としては動かなくてもあちらこちらに行ったり帰ったりしているのです。昨日私が「雨がふる」という予測を立てたのに、今朝はふらなかったとすれば、現在の私は

予想の否定　過去

　雨がふら　なくあっ　た

　というかたちで、予想が否定されたという過去の事実を回想します。言語に表現すれば簡単な、いくつかの語のつながりのうしろに、実は……三重の世界（昨日予想した雨のふっている"とき"と今朝のそれを否定する天候を確認した"とき"とそれを語っている"いま"＝引用者）と、その世界の中へ観念的に行ったり帰ったりする分裂した自分の主体的な動きとがかくれています。（三浦、前掲書）

　つまり、話者にとって、語っている"いま"からみた過去の"とき"も、それを語っている瞬間には、その"とき"を現前化し、その上で、それを語っている"いま"

に立ち戻って、否定しているということを意味している。入子になっているのは、語られている事態であると同時に、語っている "とき" の中にある語られている "とき" に他ならない。

これを、別の表現をすれば、次のように言えるだろう。

日本語は、話し手の内部に生起するイメージを、次々に繋げていく。そういうイメージは、それが現実のイメージであれ、想像の世界のものであれ、話し手の内部では常に発話の時点で実在感をもっている。話し手が過去の体験を語るときも、このイメージは話し手の内部では発話の時点で蘇っている。（熊倉千之『日本人の表現力と個性』）

重要なことは、主体的表現、客体的表現といっても、いずれも、「話し手の認識」（三浦、前掲書）を示しているということだ。たとえば、

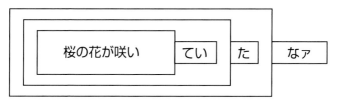

という表現の示しているのは、「桜の花が咲いてい」る状態は過去のことであり（"いま" は咲いていない）、それが「てい」（る）のは「た」（過去であった）で示され、語っている "とき" とは別の "とき" であることが表現されて

いる。そして「なァ」で、語っている "いま"、そのことを懐かしむか惜しむか、ともかく感慨をもって思い出している、ということである。

「辞」のもたらす時間的隔たり

　この表現のプロセスは、

　①「桜の花が咲いてい」ない状態である "いま" にあって、

　②話者は、「桜の花の咲いてい」る "とき" を思い出し、"そのとき" にいるかのように現前化し、

　③「た」によって時間的隔たりを "いま" へと戻して、

　④「なァ」と、"いま" そのことを慨嘆している、

　という構造になる。ここで大事なことは、辞において、語られていることとの時間的隔たりが示されるが、語られている "とき" においては、"そのとき" ではなく、"いま" としてそれを見ていることを、"いま" 語っているということである。だから、語っている "いま" からみると、語られている "いま" を入子としているということになる。しかし、これが、

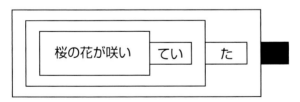

　と、辞がゼロ記号となっている場合は、一番外側の辞による覆い（■）がない状態、つまり入子の語りの部分が剥き出しになった状態と言っていい。辞としての、"いま"

での話者の慨嘆を取っただけなのに、こうしてみると、前者と比べて、明らかに"とき"の感じが重大な変化を受けていることがわかるはずである。つまり、前者では明らかに"いま"から話者が語っているということがはっきりしているのに、後者ではそれがはっきりしなくなっている。

ゼロ記号化のもたらす語りの変化

　そのため第一に、"いま"という辞を取ることで、"いま"の中に入子となっていた"とき"が剥き出しとなる（"いま"の直前、つまり完了を表すということもあるが、「なァ」の"とき"よりは過去）。そのことによって、「なァ」でははっきりしていた"いま"からの時間的距離（つまり時制）が曖昧化する。前出の例で言えば、「咲いていた」のが、"そのとき"であったのに、（"いま"からみた"そのとき"ではなく）"いま"であるかのように受け取れる。だから、「咲いていた」のが、過去というよりは、完了状態を表しているニュアンスが強まっている。それは、

　①「た」が辞の位置にあることになる。つまり、「た」という主体的表現は、話者の語っている"いま"となる。

　②そのため「花が咲いてい」る"とき"とそれを語っている"とき"との関係が新たなものになっているからにほかならない。

　その結果、第二には、そのことによって、「なァ」では、「なァ」と慨嘆していた話者の主体的表現であったものが、その表現を囲んでいた辞が取られることで、あたかも客観的（事実）の表現（客観的に起こっている"ある"ことの

表現）であるかのように変わってしまう。だから、「咲いている」のが、"いま"「既に（もう）」咲いている現実を表現しているように変わっていく。

しかし、「た」は過去ないし完了を示す辞ではなかったか？そうならば、「た」に立って語るとは、「なぁ」の有無に関わらず、その語っている"とき"からの過去であることを示しているはずではないのか。

だが、日本語の過去あるいは完了の助動詞「た」は、

　　起源的には接續助詞「て」に、動詞「あり」結合した「たり」であるから、意味の上から云つても、助動詞ではなく、存在或は状態を表はす詞である。……このやうな「てあり」の「あり」が、次第に辭に轉成して用ゐられるやうになると、存在、状態の表現から、事柄に對する話手の確認判斷を表はすやうになる。（時枝、前掲書）

とあるように、「過去及び完了と云へば、客觀的な事柄の状態の表現のやうに受取られるが、この助動詞の本質は右のやうな話手の立場の表現」（同上）であり、むしろ、判断を示していると見たほうがよく、その場合、問題なのは、それが"そのとき"の判断なのか、"いま"の判断なのか、が混然としている点なのだ。なぜなら、"いま"からみて"そのとき"「咲いて」いたという過去についての表現なのか、それとも"そのとき"見たとき、既に「咲いて」いたという状態の完結（完了）を示すものなのか、は判然と区別はできないからだ。

　この「た」の意味は、次のように変えてみると一層はっきりする。

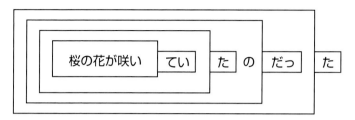

　つまり「た」という判断が、"いま"からみた過去だったということを敢えて表現するためには、こうしなくてはならないということだ。ということは、「桜の花が咲いて」いる状態を指摘しているのを語っているのが、"いつ"のことなのかを示す機能を「た」はもっていないということにほかならない。つまり、「た」は、語っている"とき"を隠されている。終止形のゼロ記号の状態にあるのと同じなのである。だから、「なァ」という"いま"を示す辞を失うことで、「た」は過去としてのニュアンスを失い、「（"いま"の）判断」なのか「（"そのとき"）既に」なのかの区別が曖昧化してしまっている、ということができるだろう。

ゼロ記号化のもたらすもの
　しかし、同じゼロ記号でも、前述の、

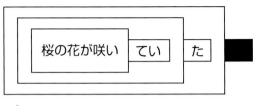

と、

では、異なっている。後者は、主体的判断そのものがゼロ記号化されているのに対して、前者は、判断の"とき"がゼロ記号化され、「た」という判断が"いま"であるかのように語られている。

つまり、後者では、「桜の花が咲く」とは、主体的な時間に関わった表現ではなく、一般的に「桜の花（というものは）咲く（ものだ）」という概念的意味か、あるいは桜の花が咲いている（事実の）状態を客観的に表現しているかの意味に変わる。

それに対して、前者では、「た」が残ることによって、主体的表現は残されており、ただそれが"いま"なのか"そのとき"なのかが曖昧化され、"そのとき"＝"いま"として表現されている、ということになる。

このことから、敷衍すれば、ゼロ記号化によって、話者のいる"とき"を隠し、全く客観的表現を装うこともできるし、起きている出来事（あるいはそれへの主体的表現＝辞）を同時進行にドキュメントしていく擬制もとれるとい

う、二つの機能をもつことになる、といえるのである。

入子の深度は話し手の認識の奥行

　だが、問題はここからである。これが話し言葉であるならこれで問題は終わる。しかし、そう書かれているのだとするとどうなるのか。そう書いたのはいつなのか？

　もし、書いたのが"いま"だとすれば、図のように書き改められることになる。

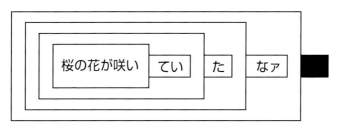

　つまり、

　①「桜の花が咲いてい」ない状態である"いま"にあって、

　②話者は、「桜の花の咲いてい」る"とき"を思い出し、"そのとき"にいるかのように現前化し、

　③「た」によって時間的隔たりを"いま"へと戻して、

　④「なァ」と、"いま"そのことを慨嘆している、

　⑤というように、書き手が書いている"いま"にいて、語っている、

　ということになる。これがこの語りを語っている本人であれば語り手となるが、それが別の誰かの語りを"いま"写したのだとすれば、ゼロ記号の箇所は「と、言う」ということになる。それが語っている"いま"より前となれば、

「と言う＋た（言った）」となる。

　ここに明らかになっているのは、語られていることの入子の奥行は、語るものの視点の奥行、つまり認識構造の奥行にほかならないということだ。そしてこのことは、入子の深度に応じて認識の深度になっているというように、入子の奥行が、語るものの認識構造の奥行と対になっているということだ。多くの場合、書かれたものの外郭がゼロ記号化（■）していることを意識しないでいる。しかしそれでは、「話し手の認識」の構造をつかんだことにはならない。

　以下、特別に指摘しない限り、「語る」"いま"とは、そう語り手が書かれた"とき"にいて語っていることだとみなしている。

話し手の「辞」と書き手の「辞」の違い

　さて、次の場合はどう考えたらいいか。

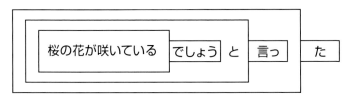

　「と言った」とあることが、語る＝書く"とき"を示していると考えると、本来の構文から考えれば、話者の辞は、入子になった話者の「〜でしょう」と「言っ」たことを現前化している。しかし、話者はここまで語ったとき、入子となった話者の語っている「桜の花が咲いてる」という事態自体をも現前化しているのである。

　つまり、話者が「た」という辞で括ったとき、まず「〜でしょう」と推測した時点での語りを入子として、「桜の花が咲」く状態を想定し（"そのとき"の発話の状態に"なり"）、その上で、それが"いま"からみた過去（完了なら直前）だったとまとめていることになる。

　更にそこから敷衍すれば、入子になった話者は、「桜の花が咲いている」事態を現前化した上で、それを推測している。その推測を"そのとき"聞いたことを、"いま"示すことで、話者は、その推測によって縛られていることを示している。"そのとき"推測したが今は違うのか、その推測通りになったのか、それともその推測と違う事態がもたらされたのか、いずれにしても、入子の話者の見たものに"いま"見られている。だからこそ、それを語った話者は、「でしょう」という推測を「言っ」たことを語ることで、実は、入子の話者の見ているものをも見ている、といえるのである。

　たとえば、

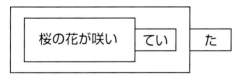

を例に取って考えれば、もっとわかりやすいはずである。ここで、語っている「た」に立った語るものは、その桜を現前化しつつ、その桜にも見られているのにほかならない。語っている"いま"から"そのとき"を見るとき、その過去の"とき"が"いま"を照らしている（「た」を完了と

みなせば、完了前つまり「咲く」前の"とき"が"いま"を照らす)。"そのとき"は咲いていたが、"いま"は咲いていない（完了なら、"そのとき"は咲いていなかったが、"いま"は咲いている）、というように。そしてそのことによって、"いま"は"そのとき"に比較して語られている。でなければ、桜の咲いていたことを"いま"思い出して語る必要は語り手にはなかったはずなのだ。

　だから重要なことは、こうした日本語の語りの構造を考えたとき、実は、語る→語られるは、入子構造になることで、語るものの一方通行ではないということなのだ。

「詞」を「辞」で包むことの意味

　このことは同様に、次のようにゼロ記号化されていても事態は変わらないはずである。

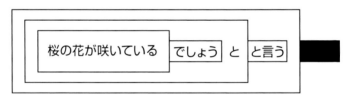

　ところが、ゼロ記号化されることで、「でしょう」と推測しているのは、"いま"である擬制をとる（前述の入子の部分が剥き出しになった状態）。「でしょう」と推測する相手の「言う」のを語っている話者は、その場で、「『〜でしょう』と言う」のを見ている形になる。表現上は、現前化されているのは相手の「言う」事態でしかない。つまり話者は、「と『言う』」のを見ているだけで、「桜の花が咲

いてる」は語られたのをそのまま語っているだけだ。

その場での感慨にしろ、過去の想い出にしろ、あるいは推測にしろ、そうした主観の表現を省略したとき、一見表現されたものは、そのとき話者がそれを同時的に見ているという擬制的な客観描写にみえることによって、話者のパースペクティブは、「言う」ことにしかとどかなくなるということである。ゼロ記号によって、しかし、話者の "いま" は消えても、むろん話者の存在までが消えてしまう訳ではない。

つまり辞は、いわば、「観念的に二重化し、あるいは二重化した世界がさらに二重化するといった入子型の世界の中を、われわれは観念的な自己分裂によって分裂した自分になり、現実の自分としては動かなくてもあちらこちらに行ったり帰ったりしている」（三浦、前掲書）自由を保証しているということができる。それは、詞を主体的な表現で包むとは、観念的世界であるということを表示していることでもあるということを意味する。たとえば、

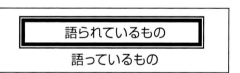

というように、詞と辞の境界を空間的に示してみれば、話者の位置は、「＝」の線を境にして、時間的空間的に隔てられている。しかし観念的には、時間的隔たりにすぎない。過去について思い出すとき、語られているもの（こと）の "とき" と "ところ" にいるような実感をもっても、語

られているのは時間的に前のことだ。また、推測ないし想像によって、"いま"と別のところにいる誰かについて、そこにいるつもりになることもできる。それが「観念的な自己分裂」にほかならない。しかし辞があるかぎり、それとの隔たりは明示される。

ところが、ゼロ記号のときは、「−」線の辞が消え、「＝」線が剥き出しとなることで、"とき"も"ところ"も明示なく変わってしまう。"そのとき"であったものが、"いま"であるかの擬制をとる。

それは、辞が表記されていないだけ、話者（話者のいる"とき"）を隠して、いかにも客観的事実（同時的現実）を表現しているように見えるというのにすぎない。話者そのものが消えることではなく、＝の線の背後に、確かに話者がいるのに違いはない。

書き手の位置と語り手の位置

こうした事情は、文学作品における語りにおいても同断のはずである。ただし、作品においては、語ることと語られることとは共に虚構であるということに注意しなくてはならない。

言述の作者として、語り手は実際に、現在−物語行為の現在−を決定するが、その現在は、物語言表行為を構成する言述の現前化行為と同様に虚構である。（ポール・リクール（久米博訳）『時間と物語』）

　ということを前提とすれば、辞とは、ここでは（虚構の）語り手の語っている"とき"ということになる。辞をはっきりさせ、そこから、"あるとき"を語っている、

　　物語的言表行為がもつ……特性とは、言述そのものの中で、言表行為と、物語られる事がらの言表とを区別する特徴を言表行為が提示すること（リクール、前掲書）

にほかならない。これを、先の日本語構文の分解に倣って、図示すれば、次のようになるだろう。

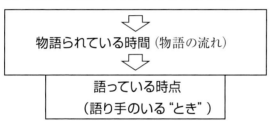

　で、ゼロ記号化とは、「語り手のいる時点」が消されていることにほかならない。それをどう呼ぶかは別にして、それは、「物語られている時間の流れそのもの」が剥き出しにされていることにほかならない。
　しかし、辞のゼロ記号化の場合と同様、

　　語り手がいなければ「物語」の存在はありえない。「話」の見かけ上の「非人称」も結局は必ず「人称」なのであり、結局は「言説」である。（パトリシア・ウォー（結城英雄訳）『メタフィクション』）

こと、あくまで擬制的であることを忘れてはならない。

虚構の「私」という「辞」

こうした「物語」における虚構の「辞」のあり方について、古井由吉氏は、書き手の立場から、次のように言っている。

とにかくある人物ができかかって、それが何者であるかを表さなくてはならないところにくると、いつでも嫌な気がしてやめてしまう。そんなことばかりやっていたんです。で、なぜ書けるようになったかというと、本当に単純なばかばかしいことなんです。「私」という人称を使い出したんです。……そうしたらなぜだか書けるんです。今から考えてみると、この「私」というのはこのわたしじゃないんです。この現実のわたしは、ふだんでは「私」という人称は使いません。「ぼく」という人称を選びます。だけど「ぼく」という人称を作品中で使う場合、かえってしらじらと自分から離れていくんです。（中略）

……この場合の「私」というのは、わたし個人というよりも、一般の「私」ですね。わたし個人の観念でもない。わたし個人よりも、もっと強いものです。だから自分に密着するということをいったんあきらめたわけです。「私」という人称を使ったら、自分からやや離れたところで、とにもかくにも表現ができる。で、書いているとどこかでこの「わたし」が出る。この按配を見つけ

て物が書けるようになったわけです。」(『「私」という白
道』)

　この虚構の「私」とは、むろん虚構の辞であり、虚構の
現在に語っている"いま"をおいているのにほかならない。
この意味するところは、

　　私と称することは確実に記号内容を自分に引き受ける
　ことである。それはまた、伝記的な時間を自分のものに
　することであり、想像の中で、知覚し得る《進化》に従
　うことであり、自分を運命の対象として意味づけること
　であり、時間に意味を与えることである。」(R・バルト、
　前掲書)

と考えて間違いはない。ここでの文脈で言えば、語りの
「私」を明示することは、辞を明確化することであり、こ
のことは、先の例でいえば、ゼロ記号化による擬制的語り
を拒否していることに他ならない。それについて、少し前
で、

　　…小説であれば一応人物がでますよね。主人公。それ
　を何と呼ぶか。私小説を書く了見はなかったんです。な
　らば山田でも林でも何でもいい、勝手に人物をつくり出
　すことにそう良心もとがめないんだけれど、名前をつけ
　るとなると何となくやましい、自己嫌悪も強い。一方で
　は何だかリアリティを失っていくようで、……。(古井

由吉、前掲書）

　と語り、ともかく出発点では、ゼロ記号としての語りへの拒絶反応を示しているようなのである。

語りと説明の違い

　ところで、ヴァインリヒ氏は、語りの時制について次のように指摘している。

　　われわれは多くの場合、話者や聞き手に直接関与し、すでに周知であるか当面念頭にある事柄を説明することが多い。……それには時間的規定がさほど必要ではない。
　　しかしわれわれが語るときには、その発話の場から出て、別の世界、過去ないし虚構の世界へ移る。それが過去のことであれば、何時のことであるかを示すのが望ましく、そのため物語の時制と一緒に……正確な時の表示が見られる。（ハラルト・ヴァインリヒ（脇阪豊他訳）『時制論』）

　つまり、「語り」とは、語っている〝とき〟とは別の〝とき〟について語ることに他ならない。そして語り手が語っている〝とき〟との関わりで、どういう〝とき〟のことかを示さなくてはならない。だから、語りの時制とは、語り手が〝いま〟とは別の〝とき〟について語っているということの指標にほかならない。
　それに対して、「説明」とは、語られることが語ってい

る "いま" であることを意味する。だから、語られること
が "そのとき" であっても、語っているものの感慨は "い
ま" であるということもありうる。語られたことが過去で
あるとか、それに対する感慨を示すとかによって、語って
いる "いま" を示すのは、日本語の例で言えば、辞に該当
することになる。

　過去の事柄を「語る」のではなく「説明する」とすれ
ば、それはまさに完結した事柄ではなく、現在あるいは
未来の事柄と同様、まさに自分の世界に属し、それへの
配慮から説明するものだからである。それは一種の過去
ではあるが、自ら行為する時と同じ言葉で表現するのだ
から、自ら関与する過去である。そして過去を説明しな
がら表現することによって、同時に自分の現在と未来を
変えるのである。それは……語られた世界をそのままに
しておく語り手の落ち着いた冷静さとはおよそかけ離れ
ている。（中略）……われわれが現在完了で過去の事柄
を説明するというのは、いわば過去を「語る」ことによっ
て、われわれの存在と行動から切り離して閉じ込めてし
まうのではなく、「説明する」ことによって、過去をわ
れわれの存在と行動のために開いたままにしておくこと
なのである。（ヴァインリヒ、前掲書）

なぜなら、「説明」が、「話者や聞き手に直接関与し、す
でに周知であるか当面念頭にある事柄を説明することが多
い」のに対して、「語る」ときは、「その発話の場から出て、

別の世界、過去ないし虚構の世界へ移る。それが過去の世界であれば、何時のことであるかを示すのが望まし」いのは当然で、そこに時制の必要性が生ずる、というわけである。

　その意味で、ヴァインリヒ氏の言う時制は、語り手が語っている"とき"にいて語っているのか、語られている"とき"を語っているのかを示す指標であり、それによって、語り手からの距離を示し、語りに入ったとき、語りから戻ったとき、特有の時制に変わる、ということを言っているのである。

　しかし、日本語の場合は事情が異なる。

　　古い日本の物語は「今は昔……」と始まる。典型的な例は『今昔物語』などにみるように、「今は昔男ありけり」だ。……この「今」は、語りの現在であり、語り手の意図は、「昔いた男」というイメージを、語りの場に蘇らせることだ。それを可能にするのは、助動詞「けれ（き＋あり）」に含まれる存在詞「あり」の力だ。「今は（昔〔男あり〕き）あり」というふうに分解できるような表現で、「男あり」という事象が、「昔……き」というように、時間の副詞「昔」と助動詞「き」によって、過去のイメージとして物語の語り手の意識のうちに回想され、それを「今は……あり」と聞き手の前に、「今ある」ように表出する。（中略）
　　そこで、日本語には、過去・現在・未来という時間の

線上に客観的に提出される、西欧語の時制がない。しかし、これは日本語が過去や未来を弁別しないということではなく、過去も未来も話し手（語り手）の現在に持ち込まれて表現されるのだ。（中略）

　西欧の物語が、物語の出来事は語られる以前に起きていなければならないという理由から、過去が基本的な物語の時制となるのに対し、日本語の物語のそれは、語り手の意識に蘇る心理的な現在なのだ。（熊倉、前掲書）

　このことは、日本語の構造から容易に想像できる。つまり、詞、すなわち語られていることは、語っている"いま"ではなく、いったん語られているものの"とき"を現前化し、時間的隔たりを下りながら、再び語っている"いま"へと戻ってくる。

日本語の語りの特徴
　だから日本語では「説明」「語り」といった区別される時制的表現をもたないが、時制がないのではない。全体として辞が語られるもの（詞）を包み、語っている"いま"へと戻す。その戻すプロセスに時間的隔たりはきちんと表現されている。「過去も未来も話し手（語り手）の現在に持ち込まれて表現される」（熊倉）というのは、入子になって"そのとき"を"いま"として語りながら、時間的隔たりを飛ぶことを示す辞によって、語っている"いま"に戻り、それが話者の主体的表現でしかなかったことを示すという意味なら、誤ってはいない。しかし"そのとき"が

いつも語っている"いま"に持ち込まれて、現在として語られているというのなら、正確ではない。

　語られたことが、"いま"とされるのは、まさに眼前のことを語っているのでなければ、語られることの"とき"と"ところ"を現在として、現前化している入子の語りであるか、語っている"とき"がゼロ記号化されている語りであるか、の二つに限られる。それはいずれにおいても、語り手が擬制的にゼロ記号化されているからにすぎない。その限りで、"そのとき"はあたかも"いま"として現前化されるが、それは語っている"いま"に滑り込むから現在的に語るのではない、逆である。語られている"そのとき"を"いま"として現前化するから、そのとき語りは現在形になるにすぎない。

　そして話者の辞へと戻るとき、一気に語られる"とき"と語っている"とき"との時間的隔たりが顕在化し、現前化（現在として表現）されていた入子になった部分が、"いま"ではなく、"そのとき"でしかなかったことを明らかにすることなのだ。ゼロ記号でも構造的には、その部分が隠されているにすぎない。

　逆に言えば、入子の表現をどこまで遡っても、"そのとき"は現在として現前化される。その意味で、日本語では、一方で、辞を通して、話者の主体的表現の声が消えないのと同時に、どれだけ複雑に時間を遡っても、あるいは時間を下っても、またどれだけ入子の重なった表現でも、その遡及先は現前化されている、ということが重要なのだ。

　それが現実のイメージであれ、想像の世界のものであれ、話し手の内部では常に発話の時点で実在感をもっている。話し手が過去の体験を語るときも、このイメージは話し手の内部では発話の時点で蘇っている。(熊倉、前掲書)

とは、その意味でなければならない。
　また熊倉氏が言う、「西欧の物語が、物語の出来事は語られる以前に起きていなければならないという理由から、過去が基本的な物語の時制となる」かはあくまで言語の構造上の差異にすぎず、問題が時制の有無にないことは明らかである。

　物語は作家が書きはじめるところで止まる。(リクール、前掲書)

のは日本の作家でも同じであって、

　小説というのは原則として過去形で書くべきものなんですよね。過去に起こった出来事を人に伝えるわけだから。(『「私」という白道』)

と、意識としての姿勢に変わりはない。同一の姿勢をもっている。もっていても、それは日本語の構造から制約されるというべきである。むしろ、ヴァインリヒ氏の措定した、「語り」と「説明」の指標としての時制に代わる機能として、

辞と辞のゼロ記号化を考えみるべきではないかと思う。

　日本語では、辞において、語られていることとの時間的隔たりが明示される。そして入子となっている語られていることの語り（あるいはゼロ記号化した語りも）においては、その時間的隔たりがゼロ化され、“いま”語っているように語られることによって、「言表される事がらと、言述の現前化行為との同時性を示す」（リクール、前掲書）“とき”（現在）にあることとなる。そして、辞の時制によって、語っている“いま”へと復帰する。

　この意味で、日本語はヴァインリヒ氏が例にした印欧語とは逆に、語られることを語っている“とき”は“いま”として、「説明」の時制である、現在形や完了形で表現される。そしてむしろ辞へと戻ったとき、辞を表す助詞、助動詞等によって、語られたことが、語っている“とき”とどういう関わりがあるかが表現される。過去だとか判断だとか否定だとかを示す辞において、結果として語られたことが、「説明」か「語り」かが表現される。これは膠着語としての日本語の特徴にほかならない。同時に、現在形や完了形の表現は、ゼロ記号化の場合があり、その場合、それが「語り」なのか事実を表現している「説明」なのかの区別がつかないことになる。

　それは、日本語が、「語り」と「説明」の区別をつけていない言語なのだというふうに考えるべきなのではあるまいか。つまり、語られている“とき”に立っている限り、そこで語られていることが、入子の語りとして現在形で語られているのか、ゼロ記号化した語りなのか、語っている

"いま"客観的事実を述べているのか（この三者はいずれもゼロ記号化した語りと区別がつかない）を区別することはできない。区別する時制もそれに代わる指標ももっていない。あるのは、その語りが辞へと戻るかどうかだけだ。そこで初めて、過去か"いま"の判断かが示される。そこで、ヴァインリヒ氏の「説明」と「語り」の区別がつくだけである。

むしろその意味で言えば、敢えてヴァインリヒ氏に準えるならば、「詞」が客体的表現でありながら、むしろ"いま"から観念的に「自己分裂」した「語り」であり、「辞」が主体的表現として"いま"語られていることを明示する「説明」に当たると言えなくもないのだ。

とすると、こういうことが言えるのである。入子の語りにしろ、ゼロ記号化された語りにしろ、語られていることは、観念性の表示が消え、"いま"の客観的現実を表現しているように擬制的に言表される。その限りで、それが事実か想像か物語かは区別されない。それは"いつ""どこから""誰か"を特定できない語り手が、語られている"いま"すすんでいる事態をそのまま映しているかのような位置にあることを、括弧つきながら、あらわにしているのである。

書き手の「辞」と語り手の「辞」

ところで、辞の"とき"とは、「物語は作家が書きはじめるところで止まる。」（リクール、前掲書）、その"とき"にほかならない。その"とき"から照射されることによっ

て、語られたことは、たちまち主体的に彩られたものへと変わってしまう。それに対して、ゼロ記号では、"いま"起きつつあるかのように語っている擬制のまま戻る"とき"はもたない。一体"いま"起きていることを、どこで見ているのか？いつどこでそれを語っているのか？それをいつどこで書いているのか？は、隠蔽される。それは、次のように図解できる。

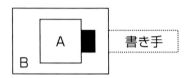

つまり、本来語り手の「辞」（語っている"とき"）がゼロ記号化することで、語り手の後ろに隠れていられた書き手が、語り手への「自己分裂」が擬制的に消され、直接語られている"とき"（A）に直面することになる。それは、語り手のいる"とき"（B）を消して、書き手の現実と虚構の「現実」との疑似的なドッキングをもたらすことになる。

"いま起きつつある"ことを"いま"書いているという擬制は、語っている"とき"と書いている"とき"とを共に消す（隔たりがないふりをする）ことが必要だ。あたかも"いま""ここ"にいるかのような、ということがもたらすのは、劃き割りの視野にほかならない。ちょうど映画のセットが剝き出しに、現実に地続きになった状態に譬えることができるかもしれない。しかし、見えないものを語るためには、観念の入子を必要とする。とすれば、語りの

光源を生み出し、ゼロ記号化を脱するしかない。

　古井氏の言う「私」を語り手にするとは、そういう擬制がとりにくくなることを意味する。常に「私」の見たものであり、「私」の時間の流れの中であり、そして自分の意味の中での時間である、ということなのである。

　それは、"いま"起きつつあることを写すという擬制が、時空の客観的制約の中に押え込まれる（科学論文を極北とする）のに対して、「私」あるいは語り手の時空（というより、私的な時間のなかで時間化された空間）の中で、自由な主観的奥行をもつことができるという結果にほかならない。

　さらに、辞がそのように入子にする語りを抱え込む（奥行をもつ）ことが、単に語るものからの一方通行だけにはならないのも当然の帰結なのである。というのも、あくまで辞という私的な表現の中に包まれた自己分裂にすぎないからであって、次のような図で考えてみれば、

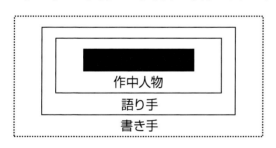

　作中人物にとって、語り手は、語るものであり、「■」にとっては、作中人物が語るものである。そして逆に言えば、「■」を語ることで、実は作中人物は「■」に語られ

ている。同様に、作中人物を語ることで語り手は作中人物に語られていることなのである。なぜなら、辞とは私的な、主体的表現なのであって、それを語ることは自らを語ることになるからであるのにほかならない。そして、いうまでもなく、外郭が、書いている"とき"にほかならない。その"とき"は、語られた"とき"を問題にする限り、一切視野の外の"とき"にほかならない。

とすれば、問題は、

　物語られる世界は人物の世界であり、それは語り手によって物語られるのである。（中略）人物が自分の経験について語る言説を物語世界に合体させるとき、言表行為＝言表……を人物化させる用語によって再定式化することができる。すなわち、言表行為は語り手の言説となり、言表は人物の言説となる。とすると、問題は、どのような物語の手法によって物語は人物の言説を物語る語り手の言説として構成されるかを知ることだけである。（リクール、前掲書）

むろん作家自身が、である。しかし、辞と辞のゼロ記号化と、どちらの語りが実り多いかは比較することはできない。それは方法上の問題にすぎないからだ。

II・語りの奥行

古井由吉の語り・第一の特色

さて、愈々古井由吉氏の語りについて検討するときである。いままで、蜒々日本語の構造を取り上げてきたのも、故のないことではないのである。

まず、古井氏の語りの、典型的な一例を取り上げてみる。

　　腹をくだして朝顔の花を眺めた。十歳を越した頃だった。(『槿（あさがお)』)

「腹をくだして朝顔の花を眺めた」とあれば、読み手は、話者が朝顔を眺めている場面を想定する。しかし続いて、「十歳を越した頃だった」とくると、なんだ、想い出の中のことだったかと思い知らされる、ということになる。しかし、ここに古井氏の語り構造の特徴がある。こういう次第を普通の（？）表現にしてみれば、

　　十歳を越した頃、腹をくだして朝顔の花を眺めていたことがあった。

となるだろう。両者のどこが違うのか。前節で取り上げたように、構造上は、「腹を下して朝顔の花を眺めてい」る場面が「た」によって客観化され、現前化されて、その上で、それが「十歳を越した頃」で「あった」と、過去の

こととして時間的に特定され、語っている“いま”へと戻ってくるという構造になることはいずれもかわりない。

　つまり、そう語る心象においては、一旦現前化された「朝顔の花を眺めてい」る場面が想定されており、その上で、“いま”へと戻って来ることで、時間的隔たりが表現されることとなる。

　この日本語的表現からみた場合、

　　腹をくだして朝顔の花を眺めた。十歳を越した頃だった。(『槿』)

は、その心象の構造を語りに写し取ったものだということができるはずである。「辞」によって主体的表現が完結するとは、こういう構造にほかならない。これが古井氏の語りの第一の特色ということができる。

古井由吉の語り・第二の特色
　更に、『槿』の例を分析してみると、注意すべきなのは、この「腹をくだして朝顔の花を眺め」ていたのを想い出していたということをただ語っているだけではないということだ。それなら、

　　十歳を越した頃、腹をくだして朝顔の花を眺めていたことがあった。

　と語ればすむ。こう語るのとの違いは、思い出されてい

る場面を思い出しているのを語っているということにある。そこには、想い出の場面と思い出している場面の二つが現前しているのである。実は、これも、日本語の構造に根差している。

「詞」で客体的表現（これは客観的という意味だけではない。客観化した表現）であり、「辞」は主体的表現（主観的な感情や意志の表現）であり、"そのとき"について"いま"感じているという場合が一番分かりやすい。それを具体的に表現するとすれば、"そのとき"見えたものを描き、それを"いま"どう受け止めているかを描けば、正確に構造を写したことになるだろう。このとき、"そのとき"と"いま"は二重に描き出される。

もう少し突っ込んだ言い方をすれば、主人公を語っている"いま"と、主人公が朝顔を眺めている"とき"とは一致しているわけではないから、

①主人公を語っている"とき"、

②主人公が朝顔を眺めている"とき"、

③主人公に語られている、「十歳を越した」"そのとき"、

と、三重構造になっているというべきである。同時に、思い出されている"そのとき"の場面と、それを思い出している"いま"の場面とが、それを語る語り手のいる"とき"から、二重に対象化して、語り手は、それぞれを"いま"として、現前させているということにほかならない。日本語の例で言えば、

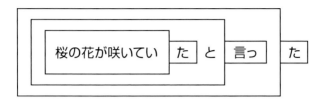

　①「桜の花が咲いて」いる"とき"、

　②「桜の花が咲いていた」と「言っ」た"とき"、

　③「桜の花が咲いていた」と「言った」と語っている"いま"、

の三つの"とき"があり（むろん、前述の通り、この語りを囲んで、④「と言った」と書いている"とき"があることは言うまでもない）、それぞれを現前化させていると言ったらわかりやすいはずである。そして現前化するとき、"そのとき"は"いま"として、それぞれがゼロ記号化した語りとなっているはずである。そうすることで、実は入子の語りは完結し、そこまで語りのパースペクティブは到達しているということを意味する。

　そして、ここには、古井氏の語りを考えるとき、重大な意味が隠されている。

　すなわち、③の語りの時点から見たとき、②の"とき"も①の"とき"も入子になっているが、単純な入子ではない。③から①を現前化するとき、話者は、②の発話者に"成って"それを現前化しているのである。もし、①が自分の回想だとしたら、"そのとき"の自分になっているし、もし

他人（相手）の発話だとしたら、"そのとき"の他人（相手）の発話になって、それを現前化しているのである。だから、ここで語りのパースペクティブの奥行というとき、入子になっているのは、語られたこと自体だけではなく、語るもの自体をも入子にし、しかもその発話を入子の発話者に転換して入子にしているということを見逃してはならない。

だから、前節で触れたように、これがゼロ記号となっているときは、

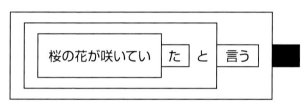

前述の①の時間を欠き、その分語りが奥行を欠いていることになるというのは見易いし、また「と言」う"とき"を"いま"としたとき、話者には相手が目の前にいることになり、その言う「桜の花が咲いていた」という言葉が"いま"発せられたことを写しているために、その発話だけが対象として見えるだけになるというのも見易いはずだ。

前者のような語りの構造は、語りのパースペクティブという面で考えるなら、語り出される"そのとき"が、前へ前へ（あるいは過去へ過去へ）と、発話者も含め、入子になって重ねられていくということでもある。これが、古井氏の語りの第二の特色ということができる。

古井由吉の語り・第三の特色

これは『槿』だけではなく、処女作「木曜日に」以来のものなのだ。「木曜日に」の冒頭は、次のように語り始められている。

鈍色にけぶる西の中空から、ひとすじの山稜が遠い入江のように浮び上がり、御越山の頂きを雷が越しきったと山麓の人々が眺めあう時、まだ雨雲の濃くわだかまる山ぶところの奥深く、幾重もの山ひだにつつまれて眠るあの渓間でも、夕立ち上りはそれと知られた。まだ暗さはほとんど変りがなかったが、いままで流れの上にのしかかっていた雨雲が険しい岩壁にそってほの明るく動き出し、岩肌に荒々しく根づいた瘠木に裾を絡み取られて、真綿のような優しいものをところどころに残しながら、ゆっくりゆっくり引きずり上げられてゆく。そして雨音が静まり、渓川は息を吹きかえしたように賑わいはじめる。

ちょうどその頃、渓間の温泉宿の一部屋で、宿の主人が思わず長くなった午睡の重苦しさから目覚めて冷い汗を額から拭いながら、不気味な表情で滑り落ちる渓川の、百メートルほど下手に静かにかかる小さな吊橋をまだ夢心地に眺めていた。すると向こう岸に、まるで地から湧き上がったように登山服の男がひとり姿を現わし、いかにも重そうな足を引きずって吊橋に近づいた。

と、まるで"いま"起きつつあることを、同時進行に語

44

るような語り口が、実は、

　《あの時は、あんたの前だが、すこしばかりぞっとさ
　せられたよ》と、主人は後になって私に語ったものであ
　る。

　と、「私」が、過去において宿の主人から聞いた話を再
現して語っているのだということが、種明しされる。つま
り、ここでまるでゼロ記号の羅列のような、終止形止めが
目立つのも、それを思い出している "いま" ではなく、"そ
のとき" を "いま" とした語りを入子にしている（剥き出
しにしている）からにほかならない。
　だからむろん、この場合の「た」と「る」の不統一な使
用は、語っている "いま" からの過去形と、"そのとき"
を "いま" とする現在形の混同でないのは先にも述べた通
り、「た」が判断のそれとして、「物語の現在に結びついて」
（熊倉、前掲書）、語っている "そのとき" において、"いま"
のように現前化されているからにほかなない。このままな
らば、ゼロ記号化にほかならない。
　だからこそ、冒頭、「長くなった午睡」から目覚めた宿
屋の主人の視線で、自分を客観化した「男」、つまり "そ
のとき" の「私」について、"そのとき" を現在として現
前させた語りをとっている。
　しかし、古井氏は、そこから "いま" の語りへと戻す「辞」
を明示している。すなわち、ゼロ記号化へは流れることは
ない。そのため、一見ゼロ記号化と見える入子の語りが、

実は、語っている"いま"から、"そのとき"を見ていたもの（ここでは宿の主人）になって（語りの視点を滑り込ませて）、語っているにすぎないことを明らかにするのである。

古井氏の語りの第三の特色は、このようにゼロ記号化に落ち込まないことによって、"そのとき"を現前化するだけでなく、それぞれ入子とした語りの"いま"との距離を、つまり「辞」としての"いま"からの隔たりのすべてを語りのなかに持ち込んでくることに自覚的な点なのだ。これを語りのパースペクティブの奥行と言わなくてはなるまい。

山川方夫「愛のごとく」との対比

こうした古井氏の語りの特色を考える対照として、「木曜日に」の三年前、『杳子』の五年前に書かれた、山川方夫氏の「愛のごとく」を引き合いに出してみる。

　——結局、私はそんな感覚が好きだったのかもしれない。自己の二重性をそのときどきに使いわけて、相手が私の表皮だけで興奮し分泌しているのを、暗い内部のもう一方で、無責任にじっと眺め、味わっているのが好きだったのかもしれない。（中略）

　そのとき、私はいわば女を一つの「物」としてしか扱っていなかったのだ、と思う。私は自分の暗い激情の奔出を感じながら、相手に人間を失格させ、自分もまた人間を失格して、一つの粗暴な凶器そのものに化しているの

に恍惚を感じていたのか。とにかく、私のいちばん燃え
たのはそんなときだ。（山川方夫「愛のごとく」）

「『物』としてしか扱っていなかったのだ、と思う」のは、
この物語の中の“とき”ではなく、これを語っている“と
き”にいる「私」だ。そこから、語られている“とき”が、
入子になっているようにみえる。

　ある夜、あんまり女がうるさく邪魔をするので、私は
彼女をおさえつけ馬乗りになって、ありあわせのシャツ
やネクタイやで女の手脚をかなり強く縛った。女は、そ
れに異常なほどの興奮で反応した。……丸太棒のように
蒲団をころげながら、女はシーツにおどろくほどのしみ
をつくったのだ。それからは、……私も習慣のようにほ
どけないように背中でその手首を縛り、抱きかかえるよ
うにして蒲団に寝かせてやる。（中略）
　……煙草をつけて背後の女を振りかえった。……「ほど
く？」と私は訊ねた。が、女は目で微笑するとゆっくり
と首を振った。（中略）私は何気なく女の目に笑いかけた。
女も私を見て笑い、その目と目とのごく自然な、幸福な
結びつきに、突然、私は自分がいま、狂人の幸福を彼女
とわかちもっているのを見た。（山川、前掲書）

だが、“そのとき”の「私」の視線は、女の外面から跳
ね返されている。いや、そうではない。“そのとき”の「私」
の気持や関心しか語られてはいない。むしろ、ここにある

のは、"そのとき" にもなお、語っている "いま" の「私」の辞によって左右されている視野だ。いや、"そのとき" の「私」しか見ようとしない「私」だ。"いま" の「私」は、"そのとき" の自分に "見えていたもの" よりは、そういうものを見ていた "そのとき" の自分を語ろうとしているようにみえる。それには理由がある。

　私はいつも自分にだけ関心をもって生きてきたのだ。自分にとって、その他に確実なものがなにもなかったので、それを自分なりの正義だと思っていた。私はいつも自分を規定し、説明し、自分の不可解さを追いかけ、自分をあざけり軽蔑してくすくす笑いながら、でも仕方なく諦めたみたいに、その自分自身とだけつきあってきたのだった。（山川、前掲書）

「私」は "そのとき" の自分の「関心」にしか、自分の視野に映っていたものではなく、そういう視野を見ようとした自分しか語らない。その自意識がどういう変化を蒙るかに語りの関心が向けられている。

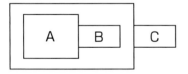

　Cの "とき" にいる「私」にとって、A、つまりBの "そのとき" の「私」の見ているものではなく、Bの辞そのもの、Aをどう見ているかに関心がある。入子にしたのは、

語られているＡではなく、それを語っている"そのとき"の「私」自身にほかならない。

しかし、ＡもまたＢの辞に彩られた視野でしかないとすれば、Ｂを入子にすることと、Ａを入子にすることとに差があるとするのは、単なる言葉の綾にすぎないではないか、と見えるかもしれない。

古井由吉『杳子』の語り

それなら、古井氏は、どういう語り方をするのか。たとえば『杳子』では、

　　肌の感覚を澄ませていると、彼は杳子の病んだ感覚へ一本の線となってつながっていくような気がすることがあった。道の途中で立ちつくす杳子の孤独と恍惚を、彼はつかのま感じ当てたように思う。

　　……杳子は道をやって来て、ふっと異った感じの中に踏み入る。立ち止まると、あたりの空気が澄みかえって、彼女を取り囲む物のひとつひとつが、まわりで動く人間たちの顔つきや身振りのひとつひとつが、自然の姿のまま鮮明になってゆき、不自然なほど鮮明になってゆき、まるで深い根もとからたえずじわじわと顕われてくるみたいに、たえず鋭さをあらたにして彼女の感覚を惹きつける。杳子はほとんど肉体的な孤独を覚える。ひとつひとつの物のあまりにも鮮明な顕われに惹きつけられて、彼女の感覚は無数に分かれて冴えかえってしまって、漠とした全体の懐かしい感じをつかみとれない、自分自身

のありかさえひとつに押えられない。それでも杏子はか
ろうじてひとつに保った自分の存在感の中から、周囲の
鮮明さにしみじみと見入っている。

　これは、「彼」の思い描いた、杏子にほかならない。し
かし、「愛のごとく」の「私」と異なり、語り手はただ「彼」
が見た杏子を語るだけではなく、杏子の目で、杏子の見る
ものを語っていく。それは語られている"とき"を踏み越
えて、「彼」に語られている杏子の見ている"とき"をも、
語ろうとしているということにほかならない。それは、別
の言い方をすれば、「彼」の心象から更に踏み込んで、「つ
かのま感じ当てたように思う」"そのとき"の「彼」の心
象の中の杏子の"とき"を現前化しているのにほかならな
い。
　つまり古井氏が入子にしているのは、"そのとき"見て
いる「私」でもなく、また"そのとき"「私」の見ていた
ものでもなく、もう一歩踏み込んで、見られている「杏子」
の"とき"そのものにほかならない。それは、前節の日本
語の構文例で示したように、そう語ることは、「彼」の辞
に彩られるだけの杏子ではなく、杏子に拘束され、杏子の
視野を、更にその中で見られている自分をも見たいという
自分の心情を現実化していることになるはずなのだ。
　だが、「愛のごとく」で、女が何を見ていたかを語らせ
ようと思えば語らせられたはずだ。そうしていないのは、
「私」にそうとしか語らせないことが必要だったからであ
る。そして『杏子』では、「彼」の見た杏子から踏み込んで、

杏子の見るものを語らせるのも、次節で述べるように、そうする必要があったからにほかならない。

このこと自体は、バルト氏が、

文学の描写はすべて一つの眺めである。あたかも記述者が描写する前に窓際に立つのは、よくみるためではなく、みるものを窓そのものによって作り上げるためであるようだ。（バルト、前掲書）

と言う「窓枠」の取り方の違いに過ぎない。確かなことは、山川氏は、「愛のごとく」で「私」の自意識、あるいは自我の奥行を語る必要があり、古井氏は『杏子』で、見られるものを見るという、描写の奥行を語る必要があった、ということだ。

ところで古井氏は、徳田秋聲氏をだしにして、こういうことを言っている。

まず意志からみる、意志から聞く、性格の事ではなかった、と私は見る。意志が最初の力として働いていれば、視野はおのずと自我を中心としてしぼられるだろう。時間もまた自我の方向性をもつ。ところが秋聲の小説においては、主人公が他者との葛藤の只中にあり、情念に揺すぶられている時でさえも、その姿は場面の中にあって、描写される。手法のことを言っているのではない。本質

的に、描写される存在として、作者の目に映っているのである。これをたとえば漱石の、たとえば『道草』の同様の場面とくらべれば、差違は歴然とするはずだ。漱石の場合は、主人公の情念が場面に溢れ、場面を呑みこむ。つまり自我の空間となる。（中略）

　……自我を立てる。捩れていようと歪んでいようと、折れていようと曲がっていようと、とにかく自我を立てることによって成り立つ。それによって現実を得、現実を失う。そういう態の私小説にたいして、自我を抱えながら身上話の客観性へ身を臥せる、水平へひろがり深くなる態の私小説があり、秋聲文学は後者の第一人者ではないか。（「私小説を求めて」）

「あんがい秋聲の文学の本質に深く触れる」（同上）と指摘している点は、むしろ古井氏自身の「文学の本質」とみなして構わない。実際、「私」を立てることについて、前述とは別の場所で、次のようなことを言っている。

　私の場合、小説の中で「私」という素っ気ない一人称を思い切りよく多用することを覚えてから、表現の腰がひとまず定まった。この一人称は自我を引寄せるよりも、ひとまず他者の近くまで遠ざける働きをする。それとひきかえに、私は表現といういとなみの中で以前よりもよほどしぶとく自我に付くことができるようになった。描写においてである。見たままを写す、記憶に残るままを写す、そこまではまさに描写だが、描写によって心象が

呼び起され、その心象がさらに細部まで描写で満たすことを要請することがある。その時、人は物に向うようにして心象に向いながら、おのずと自我を描写することになる。……そして小説は全体として、いくつかの描写による自我の構図となる。(「翻訳から創作へ」)

　山川氏の「愛のごとく」の語りは、まさに、「意志が最初の力として働いていれば、視野はおのずと自我を中心としてしぼられるだろう。時間もまた自我の方向性をもつ」(「私小説を求めて」) ものであることは明らかである。

古井由吉と山川方夫との語りの差異

　ここに、「愛のごとく」と『杳子』との方法 (あるいは資質) の差がみられる。山川氏が語られている "とき" を語ろうとして、一見入子となった "そのとき" が語られていくのに、その実、語っている「私」の光源が強いため、「私」は絶えず背後に語る自分を尚語ろうとする自分の影を、そう語る自分を語る自分を語る自分……というように、無限後退的に、自我の奥行を抱え込んでいる。「私」が入子にしているのは、通底する自意識にすぎない。語っている "いま" の自意識を光源として、入子の語りの中にも通底し、前へも後ろへも重なる自意識だけだ。だから、語っている "いま" のそれなのか、語られている "そのとき" のそれなのかは区別がつかない。あるのは、"いま" にも "そのとき" にも、満ち溢れている自意識のパースペクティブだけだ。

それに対して古井氏は、語っている"とき"にいて、心象を描写として投影（入子に）する。「他者の近くまで遠ざけ」（「翻訳から創作へ」）られ、"いま"として現前化（入子に）された描写は、更にその向こうに、その「描写によって呼び起こされ」（同上）た心象を現前化した描写として、また入子の"いま"を抱え込む。それは、入子にした"そのとき"に強く拘束され、"そのとき"に強く惹かれているからであり、それを知りたいと思うからであり、……という強い心象が生み出した（投影した）からこその現前化（描写）なのであり、その「要請」が自意識ではなく、それが"いま"のごとく表象している"そのとき"を現前化しようとする。入子となった"そのとき"が、「描写」の奥行として描き出される。結果として自我の奥行はついてくる。前述の『杏子』で、結局杏子が見るように語ったことで明らかになったのは、だから杏子の心ではなく「彼」の「自我」でしかなかった、ということができよう。

　実は、語られる"とき"を入子にするとき、古井氏も、「～を見ていた私を語っている私を語っている……」と、無限に語るものの"とき"を抱え込むことに変わりはないはずである。その意味では、どこまでも己れの自意識の影に振り回されている山川氏の「愛のごとく」の「私」との差は、本当は少ないのかもしれない。だが、その自意識の入子を、自意識のパースペクティブで表現するか、見られたもののパースペクティブで表現するかの差は大きい（「～を見ていた私を語っている私を語っている……」で言えば、「見ていた」「私」を語るか、「～」を語るかの違いだ）。

　自意識でみるとき、同じように〝とき〟を入子にしなが
ら、絶えず自意識のタイムトンネルをくぐって、いつもどこ
こでも自分しか見てはいない。自分の感情、自分の知覚、
自分の理屈……。どこにいても、いつも変わることはない。
しかし、その自分を「他者の近くまで遠ざける」（同上）
とき、自分もまた風景となる。他者も自分も、見られるも
の（「描写される存在」）という意味では同列に並ぶ。その
とき、その向こう側（自分に見えない側）に、相手の見て
いるものを見ることは、こっちからそれを説明すること（そ
れこそ自意識にほかならない）ではなく、向う側に立って
見ることにほかならない。それは、自意識の堂々巡りの地
獄を、自意識としてでなく（それは「説明」）、それが表出
しているものを語るという形で、逆手に取っているとみな
すことができる。
　「愛のごとく」の「私」にとって、せいぜい「私」が女
をどう見ているか、どう見えるかにのみ関心がある。「私」
の視線は「女」が何を見ているかまでは届かない。足を引っ
張っているのは自意識にほかならない。「私」は自己欺瞞、
自己韜晦を語りたいのだ、誰に？ほかならない「私」自身
に、だ。それを自意識の地獄という。だから「私」はひた
すら「説明」するだけだ。何を？自分自身について。誰に？
自分自身に。そして懸命に言訳の理由を見つけようとする。

　　私は、自分が誰も愛さず、したがって誰からも愛され
　る資格のない人間だ、という考えを変えたわけではな
　かった。私はときたま仕方のない情慾の他は、なにひと

つ女に強制したのでもなく、その情慾すら、ほとんどは
女への過剰なおつきあいの精神、目の前にいる相手への
弱さから、いわば「強制」させられているのだ。いつ女
が消えても、だから、なんの不自由もない。

あるいは、こう「説明」する。

　……たしかに「愛」はない。「資格」もない。が、いっ
たい、それがなんだろうか。それはいわば私だけの部分、
人びとがすべてかくしもっている隠微な秘密の部分への
幼い拘泥ではないのか。女がはじめて泊まった朝、そし
て昨夜、自分がいやでもこの女といっしょに、その中に
いるのを感じざるをえなかったある日常、おれの異常、
おれの狂気、おれという一つの恐怖さえ平然と咀嚼し、
石を投げ入れた沼ほどの動揺もみせない女。もしかした
ら、おれはこの女とならいっしょにやっていけるのかも
しれない。

こうした「私」の「説明」があるから、突然の女の死亡
通知を前にした「私」の動揺に意味がある。語るべきもの
がある、ということになる。

　突然、胸がふるえてきた。大きく呼吸を吸うと、涙が
ふいにあふれだした。考えられないことだったが、涙は
止りそうにもなかった。私はあわてて部屋に帰り、蒲団
にうつぶして泣きはじめた。涙は頬をつたい、声をあげ

て泣きながら、私は物心づいてから自分がこうして泣くのははじめてだと気づいた。いまにもノックの音が聞え、女はやってくるかもしれない。見られてもいい。いや、おれは女に見てもらいたいのだと思った。

こういう自意識の傷は、結局自分に見えたものしか見ない結果なのだ。それに対する自分の心の動きを語るしかない。しかしその心の動きを見ているのは "いつ" の「私」なのか、"そのとき" の「私」を見て "いま" 感じているのか、それとも "そのとき" の自分の感慨を "いま" 語っているのか？こうした語っているものを語っているものを語っているものを……語る、というように、書き割りの自我とでも言うべき "いま" も続いている感慨が、全体を覆っていく。

しかし繰り返すが、もしここで自意識の奥行でなく描写の奥行として語れば、「私」は女を見ていること、女の見ているものを見たいという自分の心象の描出にほかならず、それはそのまま「愛のごとく」の作品そのものを成り立たせなくしてしまうのは間違いない。

古井由吉の語りが成り立たせるもの

だから、それを古井氏が転倒するのは、逆にそのことによって成り立たせたいものがあるということを意味しよう。

「私」という語りの "とき" を明示することで、その「私」が語る "そのとき" は「私」の辞に包まれたものでしかな

57

い。しかし"そのとき"「私」は語られるものに"成る"。それは、語られものを語るとき、風呂敷としての「私」は、包まれるものそのものになっている。そのことによって、初めて「私」は描写の奥行を現前化している。

「木曜日に」では、「私」は、失われた自分の記憶を思い出そうとする。しかし、決して語っている"とき"で自問しない。失われた"そのとき"の周囲を現前させる語りによって、それを蘇らせようとする。そうすることでかえって鮮やかに、"いま"と"そのとき"の己れの差異が現れる。

　　ビルの間にはたまたま人影が絶えていた。こんな瞬間が真昼の街にもあるものだ。人気ない石切場のような静けさが細長く走るその突当りでは、黄金色の日溜りの中を人間たちの姿が小さく横切っては消えていく。（中略）それから私は、ふと気味が悪くなって立ち止まった。見上げると、両側には二枚のコンクリート壁が無数の窓を貼りつけて、私のほうへ倒れかかりそうに立っていた。（中略）私は谷底をまた歩き初めた……。

　　谷底を歩みながら、私は《また立ち止まったらたまらないな》とくりかえしつぶやいていた。それと同時に私は、すでに立ち止まってしまった自分の姿を、呆然と細い首を伸ばして頭上を見上げている自分の姿を、思い浮べた。幾度となく私は立ち止まったような気がした。しかしそのたびに私は立ち止まった私のそばを、自分自身の幽霊のように通り過ぎた。そしてとうとう私は立ち止まった。実際に立ち止まって空を仰いだのだ。それから、

　私は憂鬱の虫にとり憑かれてビルの間を抜け出た……。

「私」の記憶ではこうだ。しかし、それを目撃した女友達が見たのは違っていた。

　……その時、彼女は自分の中で凝っていたものがほぐれるのを感じた。彼女は思わず足どり軽く私のそばへ飛んで行こうとした。ところが、私の体は張りを失って泥のようにずるずると崩れ出した。私は膝を折って不安な中腰となり、腕を両側にだらりと垂れ、首を奇妙な具合に低く突き出し、厚い唇を鈍重にふるわせて、何だか吐気をこらえているような様子だった。それから風にあおられたように私はふたたび体を起し、まだ定まらない腰つきでふらりふらり彼女のほうに向かってきた。そして彼女にまともから突き当って、彼女をコンクリートの上に倒した。書類が二人のまわりに散った。私は彼女を突き倒したままの姿勢で立ちつくし、彼女は倒れたまま私を見まもった。一枚の紙が私の足もとに落ちた。それを私は一心に見つめていた。拾ってくれるのかしら、彼女は私の横顔を見つめた。すると私はその白い紙をまるで恐ろしいもののようにまたいで、それから後もふりかえらずに立ち去った。（中略）という……。

　このとき、自分の過去を、「私」は、彼女の過去の〝そのとき〟〝そこ〟へ滑り込み、〝そのとき〟の彼女のパースペクティブの中にある、見られている「私」を、彼女の目

で語っている。「私」は、自分のパースペクティブの入子として、彼女のパースペクティブを重ねている。"そのとき"の彼女の見た自分を、彼女の視線で、体験し直すように見ることで、頽れかけた自分の輪郭をなぞり直し、"いま"の「私」のパースペクティブの中に、整序し直し、あったはずの自分の記憶を取り戻そうとしている。

こういう語りは、語っている"とき"にウエイトはなく、語られている"とき"（あるいは"もの"）に比重がかかっているように見えて、実は逆なのだということが重要な点だ。それは、主体的表現（辞）によって包まれた語りは本当にあったことかどうか、確かめようはない、ということでもある。こうした入子の語りは、妄想や夢を語るのにこそふさわしいのかもしれない。たとえば「男たちの円居」で、それが効果的に使われる。

　……私は、徒労感に圧倒されないように、足もとばかりを見つめて歩いた。そしてやがて一歩一歩急斜面を登って行く苦しみそのものになりきった。すると混り気のない肉体の苦痛の底から、ストーヴを囲んでうつらうつらと思いに耽る男たちの顔が浮んできた。顔はストーヴの炎のゆらめきを浴びて、困りはてたように笑っていた。ときどきその笑いの中にかすかな苦悶の翳のようなものが走って、たるんだ頬をひきつらせた。しかしそれもたちまち柔かな衰弱感の中に融けてしまう。そしてきれぎれな思いがストーヴの火に温まってふくらみ、半透

明の水母のように自堕落にふくれ上り、ふいに輪郭を
失ってまどろみの中に消える。どうしようもない憂鬱な
心地良さだった。だがその心地良さの中をすうっと横
切って、二つの影が冷たい湿気の中を一歩一歩、頑に小
屋に背を向けて登って行く……。その姿をまどろみの中
からゆっくりと目で追う男たちの顔を思い浮べながら、
私はしばらくの間、樹林の中を登って行く自分自身を忘
れた。

と、まず「私」は、自分の苦しみに沿い、それから小屋
に残っている男たちの、飢えでぼんやりしている姿を思い
描き、うつらうつらする衰弱感に一緒になって浸り込み、
その水膨れしてぼんやりした想念の中で一緒になって遠ざ
かる「私」たちの影を一瞥し、その背中を思いやる、その
視線を、「私」は次には一転して自分の背中に感じながら、
樹林の中を登っている「私」のところへと、視線は返って
くる。

つまり、「私」は相手の思いの中の「私」を、相手と一
緒になって思いなし、一緒になって視線を送り、それから
その視線を感じながら歩く「私」へと返ってきている、と
いうわけである。

「私」は男たちに"成り"、男の視線で自分を眺める。男
を見ていた「私」は、男に"成る"ことで、男の視線で自
分を見、しかもその視線を背中に感じている自分に戻って
くる。その視線の転換すべてがここに語られている。それ
は、夢を見ているときに等しい。夢を見ているとき、夢の

中にいる自分と、その自分を見ている自分、そのすべてを夢に見ている。夢を見ながら夢に見られているのを夢に見ている。

　断っておくと、この「私」の語りは、ゼロ記号化した語りではなく、「私」が語っている"いま"から、入子にした語りなのだ。ということは、ここには、辞としての語りの中に、歩いている「私」の"いま"、その「私」が男たちになって「うつらうつら」している"いま"があり、そしてその男たちが見遣っている「私」の"いま"がある。

　この同じ意識は、小屋の中で空腹で「うつらうつら」しながら夢想している"とき"にもある。

　　はるばると風の吹き渡る森の中で、おそらくここよりも風下のほうで、針金のワッカに首を突っこんで、野ウサギが悶えている。濡れた黒土の上で足掻きに足掻きまくったそのあげく、ふくよかな首筋の毛皮に深く、赤い素肌に至るまで針金に喰いこまれて、今ではもう窒息の苦しみも引き、内側から静かにひろがってくる生命の充足感につつまれて、ただ後足をヒクリヒクリと恥ずかしそうにひきつらせながら、心地よさのあまりうっとりと白眼を剥いて息絶えていく。がまだ生きている、まだ生きている、死の前で時間が停っている……

　「私」は、「うつらうつら」しながら、夢想の中で、「針金のワッカに首を突っこんで、野ウサギが悶えている」のを見ていながら、同時に、「今ではもう窒息の苦しみも引き、

内側から静かにひろがってくる生命の充足感につつまれて、ただ後足をヒクリヒクリと恥ずかしそうにひきつらせながら、心地よさのあまりうっとりと白眼を剥いて」いる兎に"成り"、その苦痛を自分のものとして感受し、その果ての恍惚を感じ取っている。

《見ている》うちに《見られている》ものに"成り"、そのパースペクティブを見し、しかもその視線を受けている《見るもの》でもある。そのとき、距りが消えるのは、《見るもの》と《見られるもの》の間ではなく、それを語っている視点にとってにほかならない。「私」は見ていると同時に、見られている。見られている自分に"成って"いる。そして意味があるのは、それを見届けている視線である。その視線にとって、《見るもの》と《見られるもの》は距りがない。

見るものが見られるものになる

見るものが見られるものに"成る"とは、そのパースペクティブをおのれのものにするということにほかならない。それを見るものにとっては、それが《見るもの》の夢か、《見られるもの》のうつつか、に差はない。いずれにとっても、それを現前化して"いま"見ているのだからだ。それは、

観念的に二重化し、あるいは二重化した世界がさらに二重化するといった入子型の世界の中を、われわれは観念的な自己分裂によって分裂した自分になり、現実の自分

63

としては動かなくてもあちらこちらに行ったり帰ったり
しているのです。(三浦、前掲書)

という日本語の言語表現の特色そのものに根差している
からにほかならない。
　だからこそ、「男たちの円居」で、「私」が、自分が外へ
と歩き出したのを語ることと、自分が外へと歩き出したの
を夢想の中に見ているのを語ることが見分けがたく、

　　だが、しばらくして、私はふっと頭を起した。風が止
　んで、雨が静かに降りはじめた。もう一人が闇の中でふっ
　と体を起したのを、私は感じた。
　　私は梯子から立ち上って戸口のところに行き、扉を
　いっぱいに明け放った。そして暗闇の中に小屋の明りを
　流して待った。やがて私の足もとから濡れた地面にそっ
　て細長く伸びる薄い光の尖端を、すうっと横切って森の
　闇のほうへ消えて行く人影があった。私は後手に扉を閉
　じて闇の中へ踏み出した。衰弱感の中で、不思議な力が
　私を支えてくれた。

と、見ているのが、「私」がストーブの前でうつらうつ
らしながら、閉じ込められた中で、救いを求める気持が外
に描き出した幻だとしても、あるいは現実に"そのとき"
うつつとも夢とも境界の朧気なまま、外へと彷徨い出た、
霧の中のように夢うつつの情景だとしても、それを"いま"
語る「私」にとって、それほどの差があるのではなく、む

しろ、"そのとき"を見届けている（語っている）"いま"の「私」からの視線が、そこまでの射程をもって、現前化した描写として語られている、ということこそが重要なのだ。

　だから古井氏にあっては、語っている"とき"の自意識の後退し続ける自問には意味を見いださないというべきなのだ。それはヴァインリヒのいう「説明」にすぎない。なぜなら、それは結局語ることではなく、語ることを語ることでしかないからだ。そこが、「愛のごとく」の語りとの差に違いない。

「哀原」を貫く五層の"とき"

　自意識の「説明」を語るのではなく、自意識の見るものを見せる、そこに現前化した入子の"とき"の奥行は、「哀原」に鮮やかに描き切られている。その重ねられた描写には、それぞれの自我が炙り出されてくる。

　語り手の「私」は、死期の近い友人が七日間転がり込んでいた女性から、その間の友人について話を聞く。その女性の語りの中に、語りの"とき"が二重に入子となっている。

　一つは、友人（文中では「彼」）と一緒にいた"とき"についての女性の語り。

　　お前、死んではいなかったんだな、こんなところで暮していたのか、俺は十何年間苦しみに苦しんだぞ、と彼は彼女の肩を摑んで泣き出した。実際にもう一人の女が

すっと入って来たような、そんな戦慄が部屋中にみなぎった。彼女は十幾つも年上の男の広い背中を夢中でさすりながら、この人は狂っている、と底なしの不安の中へと吸いこまれかけたが、そのうちに狂って来たからにはあたしのものだ、とはじめて湧き上がってきた独占欲に支えられた。

　これを語る女性の語りの向う側に、彼女が「私」に語っていた"とき"ではなく、その語りの中の"とき"が現前する。「私」の視線はそこまで届いている。「私」がいるのは、彼女の話を聞いている"そのとき"でしかないのに、「私」は、その話の語り手となって、友人が彼女のアパートにやってきた"そのとき"に滑り込み、彼女の視線になって、彼女のパースペクティブで、"そのとき"を現前させている。「私」の語りのパースペクティブは、彼女の視点で見る"そのとき"を入子にしている（厳密にいうと、「私」を語る語り手がその外にいるが、それは省く）。

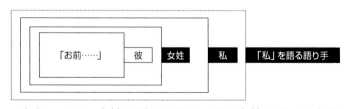

　もう一つは、女性の語りの中で、男が女性に語ったもうひとつの語り。

　　或る日、兄は妹をいきなり川へ突き落とした。妹はさ

66

すがに恨めしげな目で兄を見つめた。しかしやはり声は立てず、すこしもがけば岸に届くのに、立てば胸ぐらいの深さなのに、流れに仰向けに身をゆだねたまま、なにやらぶつぶつ唇を動かす顔がやがて波に浮き沈みしはじめた。兄は仰天して岸を二、三間も走り、足場の良いところへ先回りして、流れてくる身体を引っぱり上げた。

と、そこは、「私」のいる場所でも、女性が友人に耳を傾けていた場所でもない。まして「私」が女性のパースペクティブの中へ滑り込んで、その眼差しに添って語っているのでもない。彼女に語った友人の追憶話の中の〝そのとき〟を現前させ、友人の視線に沿って眺め、友人に〝成って〟、その感情に即して妹を見ているのである。

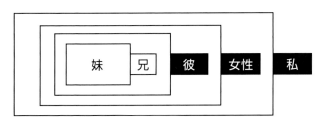

時間の層としてみれば、
「私」の語る〝とき〟、
彼女の話を聞いている〝とき〟、
彼女が友人の話を聞いている〝とき〟、
更に、
友人（兄）が妹を川へ突き落とした〝とき〟、
が、一瞬の中に現前していることになる。

また、語りの構造から見ると、「私」の語りのパースペクティブの中に、女性の語りがあり、その中に、更に友人の語りがあり、その中にさらに友人の過去が入子になっている、ということになる。

　しかも「私」は、女性のいた"そのとき"に立ち会い、友人の追憶に寄り添って、「友人」のいた"そのとき"をも見ている。"そのとき"「私」は、女性のいるそこにも、友人の語りのそこにもいない。「私」は、眼差しそのものになって、重層化した入子のパースペクティブ全てを貫いている。

　それは、敢えて言えば、「私」の前に、時間軸を取り払えば、それぞれの語りを"いま"として、眼前に、並列に並べているのと同じなのである。

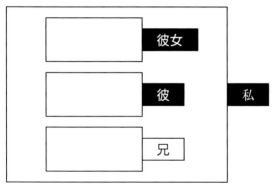

　こうした古井氏の語りのパースペクティブの深度が、日本語の構造の奥行と深く結びついていることを見逃すべきではない。

Ⅲ・見るものと見られるもの

見えるものを語ることの意味

　見えると語ることと、見えるものを語ることとの差は、知覚、想像、夢を問わず、認識の問題ではない。表現の問題にほかならない。だが、自己意識の奥行から言えば、第一節で述べたように、語っている"いま"について自覚的かどうかからみて、あるいは認識の奥行の問題といえるのかもしれない。

　さてそこで、見るものが見られるものに"成る"のを語る、という語りの特徴をよりはっきりさせるために、更に『杏子』を取り上げてみる必要がある。

　「愛のごとく」のように、見る自分に固執し、「自我を立てている」（「私小説を求めて」）のでないとは、

　　　自分が見る、自分を見る、見られた自分は見られることによって変わるわけです。見た自分は、見たことによって、また変わるわけですよ。（『「私」という白道』）

ということにほかならない。他人についても同様だ。見ることによって、見られるものが変わる。見られるものが変わることによって、見るもの自身もまた変わる。

　山川氏の「愛のごとく」で、「私」は確かに変わったが、それはいわば一方通行でしか語られない。しかし変わったことを語る（これは「説明」だ）のと、相手の"そのとき"

を自分のものとして見る、見られる立場から見ていたはずの自分を見返す、そうすることで見る自分にインパクトを与える、という変えられ変わっていく "そのとき" を「語る」のとは違う。

『杏子』の語りの特徴

　『杏子』は、まさにそういうふうにして、変え変えられ変わる "そのとき" が語られる。

　　杏子は深い谷底に一人で坐っていた。
　　十月もなかば近く、峰には明日にでも雪の来ようという時期だった。
　　彼は午後の一時頃、Ｋ岳の頂上から西の空に黒雲のひろがりを認めて、追い立てられるような気持で尾根を下り、尾根の途中から谷に入ってきた。道はまずＯ沢にむかってまっすぐに下り、それから沢にそって陰気な灌木の間を下るともなく続き、一時間半ほどしてようやく谷底に降り着いた。ちょうどＮ沢の出会いが近くて、谷は沢音に重く轟いていた。
　　（中略）河原には岩屑が流れにそって累々と横たわって静まりかえり、重くのしかかる暗さの底に、灰色の明るさを漂わせていた。その明るさの中で、杏子は平たい岩の上に軀を小さくこごめて坐り、すぐ目の前の、誰かが戯れに積んでいった低いケルンを見つめていた。

　こう書き出された『杏子』もまた、「後になって、お互

いに途方に暮れると、二人はしばしばこの時のことを思い返しあった。」と、「木曜日に」と同様、二人が出会いを振り返っているのだということが明らかにされる。「木曜日に」が、失われた自分自身を見付け出す、「私」の自分自身との関係そのものの確認の物語であったとみなせば、『杏子』は、「彼」による、杏子との関係そのものの確認の物語であるとみなすことができる。だからこそ、ここで見るものが見られるものと "成る" 語りを必要とする理由もまたあるのである。

　「彼」のパースペクティブの中で見られるものである杏子は、杏子のパースペクティブの中では「彼」を見るものでもある。二人が出会いについて「思い返す」ことは、相互に、そのパースペクティブを確かめ合い、交換することによって、「一方通行のパースペクティブ」が、「双方通行のパースペクティブ」にされ、それによって、ただ見られるものであるはずの杏子によって、「彼」のパースペクティブが質されるだけでなく、「彼」のパースペクティブに依存した語り手のパースペクティブそのものが、修正されていく。それは語りだけのことではなく、物語そのものもまた修正されていく。

　杏子は、「足音が近づいてきて、彼女のすぐ上あたりで止んだ」のに気づいて、我に返る。

　　……その時はじめて、杏子はハッとした。だれかが上のほうに立って、彼女の横顔をじっと見おろしている。その感じが目の隅にある。たしかにあるのだけれど、そ

れが灰色のひろがりの、いったいどの辺に立っているの
か、見当がつかない、見当がつかないから頭の動かしよ
うもわからない。

　同じことを、「彼」は、別様にとらえる。見詰めている「彼」
の山靴に触れた小石が転がりだし、

　……女が顔をわずかにこちらに向けて、彼の立ってい
るすこし左のあたりをぼんやりと眺め、何も見えなかっ
たようにもとの凝視にもどった。それから、彼の影がふっ
と目の隅に残ったのか、女は今度はまともに彼のほうを
仰ぎ、見つめるともなく、鈍いまなざしを彼の胸もとに
注いだ。気がつくと、彼の足はいつのまにか女をよけて
右のほうへ右のほうへと動いていた。彼の動きにつれて、
女は胸の前に腕を組みかわしたまま、上半身を段々によ
じり起して、彼女の背後のほうへ背後のほうへと消えよ
うとする彼の姿を目で追った。

　ここには、まず「彼」の視線で見た杳子があり、つぎに
杳子のパースペクティブを借りた（思い入れた）「彼」の
視線が、杳子の心の動きを追い、逃げる彼の動きと、追う
杳子の視線の、見るものと見られるものの、緊張が見届け
られている。これを、杳子は次のように、見ていた。

　《いるな》と杳子は思った。しかしいくら見つめても、
男の姿は岩原に突き立った棒杭のように無表情で、どう

しても彼女の視野の中心にいきいきと浮び上がってこない。《いるな》という思いは何の感情も呼び起さずに、彼女の心をすりぬけていった。杏子は疲れて目をそむけた。それから、視線がまだこちらに注がれているのを感じて、また見上げた。すると、漠としてひろがる視野の中で……男は、二、三歩彼女に向かってまっすぐに近づきかけて、彼女の視線を受けてたじろぎ、段々に左のほうへ逸れていった。男は杏子から遠ざかるでもなく、杏子に近づくでもなく、大小さまざまな岩のひしめく河原におかしな弧を描いて、ときどき目の隅でちらりちらりと彼女を見やりながら歩いていく。

　この時「彼」は、杏子に語り出された"そのとき"を、彼女の視線になって、それに映っていた自分を見ている。ちょうど「木曜日に」の「私」が、女ともだちの見たものを語っていたのと同じ構造だ。「彼」は"そのとき"の自分を、自分のパースペクティブの中で再現することで、彼女のパースペクティブだけでなく、自分のパースペクティブをも語り、その二つのパースペクティブの差異を現してみせている。それが、「確認」という意味にほかならない。だから、

　　……歩むにつれて、形さまざまな岩屑の灰色のひろがりの中に、その姿は女のまなざしに捉えられずに段々に傾いて溺れていく。漠とした哀しみから、彼も女を見つめかえした。すると女の姿も彼のまなざしにつなぎとめ

られずに表情をまた失い、はっきりと目に見えていなが
ら、まわりの岩の姿ほどに訴えてこない。彼はすでに女
を背後に打ち捨てて歩み去るこころになった。

と、「彼」が見たものは、次に杏子のパースペクティブ
で語り直される。杏子は、「男が歩いていくにつれて、灰
色のひろがりが、男を中心にして、なんとなく人間くさい
風景へと集まっていく」のを、見守っている。

　　……わが身をいとおしく思って、そのために不安に苦
　しめられて、その不安をまたいとおしく思って、岩屑の
　ひしめきにたちまち押し流されてしまいそうなちっぽけ
　な存在のくせして、戦々兢々と彼女をよけていく。それ
　でも、そうやって男が歩いていくと、彼女にたいしては
　険しい岩々が、彼のまわりには柔らかに集まって、なま
　温かい不安のにおいを帯びはじめる。杏子は……、《立
　ち止まって。もし、あなた》と胸の中で叫んでしまった。

掠め過ぎる影と影の擦れ違いざま重なり合う、その束の
間の互いのパースペクティブの吻合を、「彼」は語っている。

　　……足音が跡絶えたとたんに、ふいに夢から覚めたよ
　うに、彼は岩のひろがりの中にほっそりと立っている自
　分を見出し、そうしてまっすぐに立っていることにつら
　さを覚えた。それと同時に、彼は女のまなざしを鮮やか
　に軀に感じ取った。見ると、……女は、……不思議に柔

軟な生き物のように腰をきゅうっとひねって彼のほうを向き、首をかしげて彼の目を一心に見つめていた。その目を彼は見つめかえした。まなざしとまなざしがひとつにつながった。その力に惹かれて、彼は女にむかってまっすぐに歩き出した。

見るものが見られているものの見ているものを見る

《見るもの》が《見られるもの》の見ているものを見る、

《見られるもの》に見られている自分を見る、

それを、

「彼」のパースペクティブの中に見る。

この一瞬の錯覚は、しかし、《見るもの》と《見られるもの》との距りを縮めることを意味しない。むしろ後ずさりし、遠ざかるから、手繰り寄せようとする視線にほかならない。それが、接近したかと思うとたちまち離反していく二人の心の関係を象徴している。

見たと思ったことは、見られたという意識とともにある。だが、それは手に入れた瞬間から不確かなものになっていく。この出会いの印象は、「あの女の目にときどき宿った、なにか彼を憐むような、彼の善意に困惑するような表情」に思い当たって崩れる。

　……《あの女は、あそこで、自殺するつもりだったのではないか》という疑いが浮びかけた。すると記憶が全体として裏返しになり、彼は女の澄んだ目で、幼い山男のガサツな、自信満々な振舞いを静かに見まもる気持に

なった。

　それは、「彼」のつかんだパースペクティブ全体の転倒にほかならない。その転倒は、駅のホームにおける再会でまた転倒される。

　　……少女はかれの右側を一歩ほど遅れて歩いていた。先の尖った靴がときどき彼の目の隅に入り、あたりのざわめきの中で冴えた音を規則正しく立てていた。輪郭たしかな足音とでも言ったらよいのだろうか、それが自分の鮮明さに自分で苦しむように、ときどき苛立たしげにステップを踏んだ。そのたびに彼は振り向いた。すると、切れ長の目が彼に見つめられてすこしたじろぎ、それから、視線が小枝のように弾ね返ってきて彼の目を見つめて微笑んだ。あの日、谷底に坐っていた女の、目と鼻と唇と、細い頤に柔らかく流れ集まる線を、彼はまたひとつずつ見出した。

　『杏子』の語りは、「彼」による、こうした確認・修正・再確認の繰り返しだ。だが、確認とは、見るものと見られるものの交換である。確認は一方的ではない。《見るもの》が、《見られるもの》のパースペクティブを見ようとすれば、《見られるもの》が侵食されるだけでなく、《見るもの》も《見られるもの》に侵食され、《見られるもの》に変わっていく。二人の関係が深まるにつれて、このことが微妙に浸透しあい、影響を与える。

　神経の病は、関係の中でしか顕在化することはない。い
や関係が神経の病を創り出す。神経の病とは関係の病そのも
のにほかならない。それは《見ること》と《見られるこ
と》の病でもある。あるいは「彼」が意識しているように、
「彼」が《見ること》によって、「彼」に《見られる》とい
う関係の中で、杏子に顕われてきたというべきかもしれな
い。

『杏子』の語りの深度

　ところで、厳密に言えば、この二人の確認は、「後になっ
て、お互いに途方に暮れると、二人はしばしばこの時のこ
とを思い返しあった」とあるように、語り手が「彼」につ
いて語っている"とき"でなく、「彼」が語られている"と
き"でもなく、その"とき"の中の"あるとき"を"いま"
として、現前化されている。その意味で、これ自体が「彼」
についての語りの入子となっている。

　だから、これを見届ける語りにとっては、「彼」につい
て語っている"とき"から、

　①「彼」が語られている"とき"、
　②「彼」等が振り返っている"とき"、
　③「彼」と杏子が出会った"そのとき"、

の三層を重層化し、それぞれを"いま"として現前化し
ており、見るもののパースペクティブでも見られるものの
パースペクティブでも、差をもっていない。夢もうつつも
差はない。未来も過去も違いはない。古井氏にとって、語
るとは、そもそも語られるものに"成る"ことにほかなら

ないからだ。しかし、それで距離がなくなったのではない。隔たりをゼロ化しようとしているのにすぎない。それが語りの入子のもつ意味だ。

　なぜなら、語りの入子を重ねるのは、辞としての「私」（ここでは語り手が視点を重ねた「彼」）が〝いま〟、「確実に記号内容を自分に引き受け」「時間に意味を与え」（バルト、前掲書）たからにほかならない。そしてそれは、「観念的に二重化し、あるいは二重化した世界がさらに二重化するといった入子型の世界の中を、われわれは観念的な自己分裂によって分裂した自分になり、現実の自分としては動かなくてもあちらこちらに行ったり帰ったりしている」（三浦、前掲書）からなのだ。

　こうした語りの構造は、既に処女作「木曜日に」にみることができる。

「木曜日に」の語りの奥行

　「私」は、宿の人々への礼状を書きあぐねていたある夜更け、「私の眼に何かがありありと見えてきた」ものを現前化する。

　　それは木目だった。山の風雨に曝されて灰色になった板戸の木目だった。私はその戸をいましがた、まだ朝日の届かない森の中で閉じたところだった。そして、なぜかそれをまじまじと眺めている。と、木目が動きはじめた。木質の中に固く封じこめられて、もう生命のなごりもない乾からびた節の中から、奇妙なリズムにのって、

ふくよかな木目がつぎつぎに生まれてくる。数かぎりない同心円が若々しくひしめきあって輪をひろげ、やがて成長しきると、うっとりと身をくねらせて板戸の表面を流れ、見つめる私の目を睡気の中へ誘いこんだ。

厳密に言うと、木目を見ていたのは、手紙を書きあぐねている "とき" の「私」ではなく、森の山小屋にいた "そのとき" "そこ" にいた「私」であり、その「私」が見ていたものを「私」が語っている。つまり、

①「私」について語っている "いま"、
②「私」が礼状を書きあぐねていた夜更けの "とき"、
③山小屋の中で木目を見ていた "とき"、
④木目になって感じている "とき"、

の四層が語られている。しかし、木目を見ていた "とき" に立つうちに、それを見ていたはずの「私」が背後に隠れ、「私」は木目そのものの中に入り込み、木目そのものに "成って"、木目が語っているように「うっとり」と語る。見ていたはずの「私」は、木目と浸透しあっている。動き出した木目の感覚に共感して、「私」自身の体感が「うっとり」と誘い出され、その体感でまた木目の体感を感じ取っている。

　……節の中心からは、新しい木目がつぎつぎに生まれ出てくる。何という苦しみだろう。その時、板戸の一隅でひとすじのかすかな罅（ひび）がふと眠りから爽やかに覚めた赤児の眼のように（中略）割れてわずかに密集の中へ喰

いこみ、そのまま永遠に向かって息をこらしている
……。私も白い便箋の前で長い間、息をこらしていた。

　最後に、視線は、"いま"語っている「私」へと戻って
くる。そして、その「私」のパースペクティブの入子になっ
て書きあぐねていた"そのとき"の「私」の視線があり、
その入子となって、小屋の中で木目を見ていた"そのとき"
があり、更に木目に滑り込んで、木目に感応していた"そ
のとき"がある。と同時に、浸潤しあっていたのは、"そ
のとき"見ていた「私」だけでなく、それを"いま"とし
て、眼前に思い出している語っている「私」もなのだとい
うことである。
　そのとき、《見るもの》は《見られるもの》に見られて
おり、《見られるもの》は《見るもの》を見ている。《見る
もの》は、《見られるもの》のパースペクティブの中では《見
られるもの》になり、《見られるもの》は、《見るもの》に
変わっていく。あるいは《見るもの》は《見られるもの》
のパースペクティブを自分のものとすることで、《見られ
るもの》は《見るもの》になっていく。その中で《見るも
の》が微妙に変わっていく。
　だが、その語りは、語っている「私」が、"いま"見た
のにすぎない。"いま""そのとき"を思い出して語ってい
る「私」も、その入子になっている「私」も、木目も、そ
の距離を埋めることはない。いやもともと隔たりも一体感
も「私」が生み出したものなのだ。ただ、「私」はそれに"成っ
て"語ることで、三者はどこまでいっても同心円の「私」

であると同時に、それはまた「私」ではないものになっていく。それが「私」自身をも変える。変えた自分自身を語り出していく。そういう語りの可能性が、古井氏の達成した語りの構造にほかならない。

古井由吉の達成した語りの構造

しかし、この入子のパースペクティブは、ただ見られるものの奥行を広げるだけには留まらないはずである。見られるものの奥行は、見るものの見る視点そのものの後退をも伴っているはずだ。ちょうど消失点を無限大にすることが、認識の深度に等しいように、"いま"語ろうとしている語りの奥行は、消失点を前へ前へと遠ざけていくとき、語りの視点を後ろへ後ろへと後退させていけるのに釣り合っているはずである。

なぜなら、語っている"いま"と"ここ"を失わないからこそ、その語りの奥行を可能にする。しかし、それは同時に、前へと繰り越される自意識（あるいは後退する自意識と言っても同じだ）を伴わざるをえないという両刃性をもっている。とすれば、後退する自意識に語りを切り拓くものが期待できないと同様に、入子を重ねていく語りも、表現技術的な彫琢としてならともかく、語りのパースペクティブの可能性を、これ以上拓くと予感させるものは見当たりそうにもない、と言えるかもしれない。

それならば、たとえば、次のような、

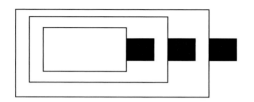

　辞をもたない語り、ゼロ記号化した語りの入子を重ねた語りならどうか。そこには語っている"いま"も"ここ"もない、幻想も現実も区別する指標はない。しかし、そういう語りとは、

　　誰がしゃべっているのか。（中略）ディスクールが、というよりも、言語活動が語っている（バルト、前掲書）

　ことになるのだろうか？その疑問に対して、少なくとも、古井氏は、既に『眉雨』において、ひとつの答えを出しているようにみえる。

「眉雨」論

「<ruby>眉雨<rt>びう</rt></ruby>」論

　その画面から、カメラ・マンのグレッグ・トーランドの開発したパン・フォーカス（全焦点）を連想する。つまり、一言にしていえば、おそろしく<ruby>焦点深度<rt>しんど</rt></ruby>がふかいのである。（花田清輝『室町小説集』）

Ⅰ・語りの次元

「眉雨」のはじまり

　「眉雨」は次のように始まる。

　この夜、<ruby>凶<rt>とが</rt></ruby>なきか。日の暮れに鳥の叫ぶ、数声<ruby>殷<rt>あか</rt></ruby>きあり。深更に<ruby>魘<rt>うな</rt></ruby>さるるか。あやふきことあるか。

　独り言がほのかにも韻文がかった日には、それこそ用心したほうがよい。降り<ruby>降<rt>くだ</rt></ruby>った世でも、あれは呪や縛やの方面を含むものらしい。相手は尋常の者と限らぬとか。そんな物にあずかる了見もない徒だろうと、仮りにも呪文めいたものを口に唱えれば、応答はなくても、身が身から離れる。人は言葉から漸次、狂うおそれはある。

　そう戒めるのも大袈裟な話で、私は夕刻から家を出て、蛇のくねるのに似た、往年の流れの跡と聞く道路を、最寄りの電鉄の駅へ向かっていた。

「この夜、凶なきか。日の暮れに鳥の叫ぶ、数声殷きあり。深更に魘さるるか。あやふきことあるか。」と、ここまでで、ひとつの表現空間（少し大袈裟な言い方だが、ひとつの閉じられた表現領域、それ自体で語り手とのパースペクティブを示しているといった意味で使っている）があり、「独り言が」から一転して、「独り言がほのかにも韻文がかった日には、それこそ用心したほうがよい。」と、語り手の語っている"とき"へと戻ってくる。

　この語り出しは、語りのパースペクティブに、微妙な位相差をつけつつ、三層の入子になっている。すなわち、まず、

　「この夜、凶なきか。日の暮れに鳥の叫ぶ、数声殷きあり。深更に魘さるるか。あやふきことあるか。」と、独り言の中の「鳥の叫ぶ」"とき"、

　が、次いで

　「独り言がほのかにも韻文がかった日には、それこそ用心したほうがよい」と、内心自らを戒めている"とき"、

　が、更に、

　「そう戒めるのも大袈裟な話で」と思いながら、「最寄りの電鉄の駅へ向かってい」る"とき"、

　が、更に正確を期するなら、

　そういう自分を語っている"とき"、

　が、そこに語られていなくてはならないはずである。

　それぞれを、時枝誠記氏の風呂敷型統一形式に準えて、図示すれば、次のように、

　独り言の中の「鳥の叫ぶ」"とき"＝Ａ、

　その独り言を「用心したほうがよい」と、自らを戒めて

いる "とき" ＝ B、

　戒めを「大袈裟な話」と思いながら「最寄りの電鉄の駅へ向かってい」る "とき" ＝ C、

　となる。

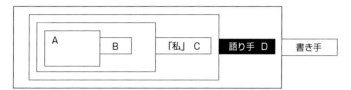

　そして、実は、そういう自分を語っている "とき" が、ゼロ記号化されている（図では「語り手＝D」）ために、あたかも、歩きながら語っているかのように、「駅へ向かって」歩いている "とき" ＝それを語っている "とき" という見せかけになっている。

語りのレベルの入子構造

　ところで、ダグラス・リチャード・ホフスタッター氏は、こういうことを述べていた。

　　入れ子になったお話とか映画とちょうど同じように、あらゆる種類の「現実性のレベル」がある。映画の中の映画から飛び出したとき、ちょっとの間現実世界に戻ったかのように感じるが、実はまだ最高の現実よりひとつ下のレベルにいるのである。同じように、空想の中の空想から飛び出したとき、それまでにくらべ「より現実的な」世界にいるわけであるが、まだ最高の現実よりひとつ下

のレベルにいるのである。

　ところで映画館の中の「禁煙」の掲示は、映画の登場人物には適用されない——映画では、現実世界から空想世界への持ち込みは起らない。しかし命題計算では、現実世界から空想への持ち込みがありうる。さらに、空想世界からその中の空想への持ち込みもある。このことは次の規則によって形式化される。

　持ち込み規則　空想の中で、ひとつ高いレベルの「現実」の定理を持ち込んで使用することができる。

　これは、「禁煙」の掲示がすべての観客だけでなく映画の俳優全員にも適用されるようなものであるが、これをくり返せば、何層にも重なった奥深い映画のどの登場人物にも適用されることになる！（野崎昭弘・はやし はじめ・柳瀬尚紀訳『ゲーデル，エッシャー，バッハ』）

そして、「現実性のレベル」の入子構造を、次のように表現して見せた。

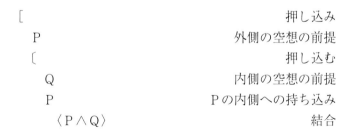

〔	押し込み
P	外側の空想の前提
〔	押し込む
Q	内側の空想の前提
P	Ｐの内側への持ち込み
〈Ｐ∧Ｑ〉	結合

```
]          内側の空想から飛び出す、外側の空想に戻る
〈Q⊃〈P∧Q〉〉                        空想規則
]                外側の空想から飛び出す、現実へ戻る！
〈P⊃〈Q⊃〈P∧Q〉〉〉                  空想規則
```

「持ち込み」のアイデアは、ゼロ記号化による "そのとき" への "いま" の侵入（つまり、"そのとき" ＝ "いま"）と考えてみると、この式全体が、ゼロ記号化のプロセスを微分していると見なせるのではないか……云々と、あれこれ着想が広がるが、ここでは、「現実性のレベル」とは、語りの入子領域にほかならないことを確認するだけにして、そのレベル表現のスタイルだけを借用して、先にすすめたい。

この表現になぞらえて、入子の語りのそれぞれの領域を括ってみるなら、語られている「世界」は、次のように、《 》［ ］等で、それぞれ閉じ合った、日本語の構造で言う「詞」の部分毎に、境界線を括ることができる。因みに、【 】は書き手の語っている "とき" との境界線、つまり作品としての領域と見なす。

「眉雨」の始まりの入子構造

この語りの構造を図示してみる（【 】は作品としての空間、《 》［ ］は、それぞれ閉じ合うことで、ひとつのまとまった表現空間を示す）と、

【

《

```
[
  〈    この夜、凶なきか。……
  〉    ……あやふきことあるか。
  ]    独り言がほのかにも……漸次、狂うおそれ
       はある。

         そう戒めるのも大袈裟な話で、   （》）
]
```

　と、「この夜、凶なきか。……」という呟き（〈　〉）を
入子とした、「独り言がほのかにも……」と、内心で「戒
める」心の動き（［　］）をも更に入子として、初めて「そ
う戒めるのも大袈裟な……」という「私」の語り（《　》）
があるとみなすことができる。
　そうみれば、垂直にその三層の語りが同時にある。そう
戒めている"とき"、つまり私が「夕刻から家を出」た"とき"
を"いま"として、その一瞬の奥行を現前化している。だ
から、「この夜、凶なきか」を入子にして、「独り言がほの
かにも……」と「そう戒めるのも大袈裟な……」には、時
間差はない。そして「そう戒めるのも」からのくだりは、"そ
のとき"の歩きながらの「私」の述懐ということになる。
　しかしそうではなく、この三者を「私」の経時的な語り
とみることもできる。そうなると「この夜、凶なきか」と
「独り言がほのかにも……」と「そう戒めるのも大袈裟な
……」には、"そのとき"より遡る、微妙なタイムラグが
あることになる。

どちらにしても、語られていることに大差はなさそうである。しかし、にも拘わらず、この語りが意識的であるとすれば、つまり、どちらとも取り得る語りにしているとすればどうなるか。このことを確かめることが、同時に「眉雨」を論ずることになるはずである。

語りの視線がたどれない

冒頭の語りのつづきを、もう少しみてみる。「最寄りの電鉄の駅へ向かっていた。」に続いて、

　……この夜と言うほどの一夜ではない。日没が夜の重さに続くような暮しでもない。鳥は町でもけっこう鳴いている。近くには林がまだわずかばかりあり、椋鳥だか、塒に帰った群れがやすむ前に躁いでいる。耳を遣れば暗さのまさる中で何事か異変ありげな乱れ方だが、それも車の往来の音に紛れ、際立って呼ぶ声もない。どのみち、あらかたの事柄にたいして、聞いていても聾唖に近い耳だ。

　車はたそがれると、赤系のものから見えにくくなるという。どの程度、目から失せるものか。

と、「車はたそがれると、赤系のものから見えにくくなるという。どの程度、目から失せるものか。」までは、語りの視線を辿るのは難しくなく、「そう戒めるのも大袈裟な話で、」からつづく語りが、そのまま同じレベルで、「車はたそがれると、……目から失せるものか。」まで続いて

いる。問題は、その後だ。

　空には雲が垂れて東からさらに押し出し、雨も近い風の中で、人の胸から頭の高さに薄明りが漂っていた。顔ばかりが浮いて、足もとも暗いような。何人かが寄れば顔が一様の白さを付けて、いちいち事ありげな物腰がまつわり、声は抑えぎみに、眉は思わしげに遠くをうかがう、そんな刻限だ。何事もない。ただ、雲が刻々地へ傾きかかり、熱っぽい色が天にふくらんで、頭がかすかに痛む。奥歯が、腹が疼きかける。たがいに、悪い噂を引き寄せあう。毒々しい言葉を尽したあげくに、どの話も禍々しさが足らず、もどかしい息の下で声も詰まり、何事もないとつぶやいて目は殺気立ち、あらぬ方を睨み据える。結局はだらけた声を掛けあって散り、雨もまもなく軒を叩き、宵の残りを家の者たちと過して、為ることもなくなり寝床に入るわけだが。

　夜中に、天井へ目をひらく。雨は止んでいる。とうに止んでいた。風の走る音もない。しかし空気が肌に粘り、奥歯から後頭部のほうへまた、降り出し前の雲の動きを思わせる、疼きがある。わずかに赤味が差す。

　これをまた表現領域を区別してみる（各 [　]〈　〉間に、レベル差を設けているのは、とりあえずにすぎない。ただ、（　）は、〈　〉の入子になっており、〈　〉は、[　]の入子となっており、[　]は、《　》の入子になっていることを意味させている）と、

《　　　　そう戒めるのも大袈裟な話で、……足もと
　　　　　も暗いような。

　　　[　　　　何人かがよれば顔が……
　　　]　　　　思わしげに遠くをうかがう。

　　　　　　　そんな刻限だ。……奥歯が、腹が疼きかける。

　　　[　　　　たがいに、悪い噂を……
　　　]　　　　寝床に入るわけだが。
（》）

　素直に読めば、「空には雲が垂れて東からさらに押し出
し、……顔ばかりが浮いて、足もとも暗いような。」とい
う薄明りの描写は、その前の述懐、

　　車はたそがれると、赤系のものから見えにくくなると
　　いう。……

に続いているとみていいが、もっと厳密に見れば、「顔
ばかりが浮いて、足もとも暗いような。」自体が、その薄
明りの比喩となっている、とみることもできる。
　どちらにしても、次の、「何人かが寄れば顔が一様の白
さを付けて、いちいち事ありげな物腰がまつわり、声は抑
えぎみに、眉は思わしげに遠くをうかがう、」は、「薄明り」
の漂う、「顔ばかりが浮いて、足もとも暗い」「そんな刻限」

を具体化させた比喩、その「見えにく」い時刻がそれによって鮮明に浮かびあがる。

　そして「何事もない」時刻だが、「ただ、雲が刻々地へ傾きかかり、熱っぽい色が天にふくらんで、頭がかすかに痛む。奥歯が、腹が疼きかける」と、「薄明り」のいま、「刻々」傾きかかる雲の重みに反応して、「頭がかすかに痛む。奥歯が、腹が疼」く体感が語られる。そして、その体感が、「たがいに、悪い噂を引き寄せあう。」という比喩を再び引き出す。それは、少し前の「何人かが寄れば……」の喩えに照応して、同じレベルで、そんな雨模様の黄昏どきの体感が呼び起こす重苦しい憂鬱さを、やはり比喩として語っている。

　ここは更に子細に見れば、たとえば、「何人かが寄れば顔が一様の白さを付けて、……そんな刻限だ。」という節自体が、

〈　　　　　　　何人かが寄れば、……いちいち事ありげな
　　　　　　　　物腰がまつわり、
（　　　　　　　声は抑えぎみに、
）　　　　　　　眉は思わしげに遠くをうかがう、
〉　　　　　　　そんな刻限だ。

と、焦点深度の違いが見えてくる。あるいは、その後の、「雲が刻々地へ傾きかかり、……奥歯が、腹が疼きかける。」も同様で、

94

〈　　　　雲が刻々地へ傾きかかり、熱っぽい色が天
　　　　　にふくらんで、
（　　　　頭がかすかに痛む。奥歯が、
）　　　　腹が疼きかける。
（〉）

　と、更に、節毎に、語りの奥行を区別できるが、ここで
はこれ以上踏み込まず、この先をみてみると、問題なのは、
ここでは、「疼く」体感を、"いま"（つまり出掛けた夕刻）
の「私」と同一の語りのものとみなしているが、果たして
それでいいのか、という点だ。

入子の語りの「辞」が見えない

　同一レベルの語りとすると、この入子になった語りは、
"いま"の「私」の語りのパースペクティブの入子となった、
「私」の感覚を、共時的に具体化したものとみなすことが
できる。しかし、そうとばかりは言えないのである。たと
えば、

《　　　　空には雲が垂れて東から……薄明りが漂っ
　　　　　ていた。
[　　　　顔ばかりが浮いて、
]　　　　足もとも暗いような。
〈　　　何人かが寄れば顔が一様の……
〉　　　思わしげに遠くをうかがう、

　　　　　　［　　　　　　そんな刻限だ。何事もない。
　　　　　　］　　　　　　奥歯が、腹が疼きかける。

　　　　　　〈　　　　　　たがいに、悪い噂を……
　　　　　　〉　　　　　　寝床に入るわけだが。

　と、「顔ばかりが浮いて、足もとも暗いような。」と「そ
んな刻限だ。何事もない。……奥歯が、腹が疼きかける。」
が同じレベルで、また「何人かが寄れば顔が一様の……
思わしげに遠くをうかがう、」と「たがいに、悪い噂を
……」とが同じレベルで、それぞれ「薄明り」を喩えてい
る、とみることもできる。
　あるいは、「そんな刻限だ。何事もない。……頭がかす
かに痛む。奥歯が、腹が疼きかける。」を含めて、「たがい
に、悪い噂を……」まで、「顔ばかりが浮いて、足もとも
暗いような。」と同列の、薄明りを具体化した、入子になっ
た語りとみることもできる。とすると、語りの位相は、

　　　　　　《　　　　　　空には雲が垂れて東から……薄明りが漂っ
　　　　　　　　　　　　　ていた。
　　　　　　［　　　　　　顔ばかりが浮いて、
　　　　　　］　　　　　　思わしげに遠くをうかがう、
　　　　　　［　　　　　　そんな刻限だ。何事もない。
　　　　　　］　　　　　　奥歯が、腹が疼きかける。
　　　　　　［　　　　　　たがいに、悪い噂を……
　　　　　　］　　　　　　寝床に入るわけだが。

(《》)

　と、経時的な語りとして、並列性を強め、対等に互いに
引っ張り合っているようにもみえる。というより、各節毎
で、あるいはセンテンス毎に、語りのパースペクティブが、
どの語りなのかを曖昧にしている、といえるのである。だ
から、つぎの、

　　夜中に、天井へ目をひらく。雨は止んでいる。とうに
　　止んでいた。風の走る音もない。しかし空気が肌に粘り、
　　奥歯から後頭部のほうへまた、降り出し前の雲の動きを
　　思わせる、疼きがある。わずかに赤味が差す。

という語りの位相も曖昧になる。「為ることもなくなり
寝床に入るわけだが」につづいて、そのまま、その「夜中
に、」なのか、だとすれば、「雨は止んでいる」というの
は、「雨もまもなく軒を叩き」の「雨は止ん」だことになる。
それとも雨模様の黄昏に外出した帰宅後の、その「夜中に、」
なのか。それなら、その後雨になり、その「雨は止ん」だ
ことになる。どちらとも確定できない。後者なら、むろん"い
ま"の「私」のパースペクティブだ。しかし前者なら、む
しろ「たがいに、悪い噂を引き寄せあう。」のもっている
語りのレベル、そうした雨模様の夕刻の雰囲気を表そうと
いう比喩のつづきとみるべきだろう。

曖昧化する「私」のパースペクティブ

　しかし、どちらかに無理に収斂させてしまうことはできない。むしろ、その遠近法を曖昧に、ふたつの意味を二重映しにしたまま、その暈しが、この節全体に多様な意味を炙り出している、とみたほうがいいのかもしれない。その意味への差異化が次節を引き出しやすくする、と。

　たとえば、「赤系のものから見えにくくな」り、「人の胸から頭の高さに」漂う「薄明り」の中、「刻々地へ傾きかか」る雲の「熱っぽい色が天にふくら」むのに感応して、「頭がかすかに痛む。奥歯が、腹が疼きかける」と、この三層の語りの重なり合った先で、初めて「降り出し前の雲の動きを思わせる、疼きがある。わずかに赤味が差す。」が生きる。「疼きがある。わずかに赤味が差す。」には、塗り重なった語りのイメージが染みとおっている。そうした幾重にも重ね塗りした語りによって初めて、つづく、

　　雲の中には目がある。目が、見おろしている。小児の頃に、雨雲の寄せる暮れ方、膝に疼きを溜めて庭から仰いだ。夢の中のことだったかもしれない。

　の、

　雲の中には目がある。目が、見おろしている。

　を炙り出せる。「雲の中には目がある。目が、見おろし

ている。」は、確かに想い出の中のものだ。

　……小児の頃に、雨雲の寄せる暮れ方、膝に疼きを溜
　めて庭から仰いだ。夢の中のことだったかもしれない。

　と、「小児の頃に、……仰いだ」とき見たものだ。しかし、
語り手の描写レベルの語りなのか、「夜中に、天井へ目を
ひら」いた「私」に見えたものなのか、それとも「小児の
頃に」仰いだときのものを思い出しているのか、あるいは、
「小児の頃」に見た「夢の中」のことを思い出しているのか、
がだぶって見えてくる。飽和した雨雲の一点、雨を降らせ
る力を収斂させる焦点に差した赤味が、"そのとき"と"い
ま"と"いつも"とを集約させた"とき"に、目を思わせ
るものとして見えてくる。
　それによって、つづく、

　……何者か、雲のうねりに、うつ伏せに乗っている。
　身は雲につつまれて幾塊りにもわたり、雲と沸き返り地
　へ傾き傾きかかり、目は流れない。

　の、「何者か、雲のうねりに、……」も、「小児の頃」の
想い出なのか、「小児の頃」の夢の中のことなのか、"いま"
の「私」の感覚なのか、語り手の描写なのか、が茫洋とし
ていく。それは、幼児期の想い出が、"いま"の体感を誘
い出すのであり、逆に"いま"の体感が、幼児期の感覚を
引き出すのでもあり、それが《私》の語りを彩って、描写

に反響している、というようにみることができる。つまり、「私」のパースペクティブが曖昧化しているために、それぞれの節は独立に、互いの差異だけを際立たせながら、想い出の"そのとき"と"いま"とが浸透してしまい、現在の雲への感応と想い出の雲への感応とが重なってしまっている。だから、その感応は、

　　……何者か、雲のうねりに、うつ伏せに乗っている。身は雲につつまれて幾塊りにもわたり、雲と沸き返り地へ傾き傾きかかり、目は流れない。いや、むしろ眉だ。目はひたすら内へ澄んで、眉にほのかな、表情がある。何事か、忌まわしい行為を待っている。憎みながら促している。女人の眉だ。そのさらにおもむろな翳りのすすみにつれて、太い雲が苦しんで、襞の奥から熱いものを滲ませる。そのうちに天頂は紫に飽和して、風に吹かれる草の穂先も、見あげる者の手の甲も夕闇の中で照り、顔は白く、また沈黙があり、地の遠く、薄明のまだ差すあたりから、長く叫びがあがり、眉がそむけぎみに、ひそめられ、目が雲中に失せて、雨が落ちはじめる。

　とつづく文中で、「何者か、雲のうねりに、うつ伏せに乗っている」というとき、「私」は、雲の重さを見上げている。だが、「身は雲につつまれて幾塊りにもわたり、」は、見ているのではなく、雲に"成って"いる。その体感で、「雲と沸き返り地へ傾き傾きかかり、」は、雲に"成って"見ている視線と「私」に見られている視線とが、二重になっ

ている。「、」で、しかし雲の目を見ている視線に変わっている。この重なりが可能なのは、"いま"と"そのとき"とが重なり合って、「私」にとって何れも等距離にあるからに他ならない。

「眉だ」と見ている視線が、「目はひたすら内へ澄んで、眉にほのかな、表情がある」と見ているはずなのに、つと、「何事か、忌まわしい行為を待っている。憎みながら促している」と、また雲と"成って"、見られているものの視線に変じている。

見るものである「私」は、雲の視点へと転じることで見られるものになる。見られるものである雲は、見るものへと転じる。「私」という視点のみから見れば、"見る視点"から"成る視点"へと変じている。その点から見れば、雲の視点は、「私」の視点の入子となっている。その入子が、しかし、一方通行ではなく、転々と入れ代わり、見るものと見られるものとは、どちらがどちらの入子ともなくなっていくようにみえる。

それが、"そのとき"の自分の感受性で、雲の目を現前化しながら、同時に、雲の重みに疼いている"いま"の感覚の現前化である。「太い雲が苦しんで」いるのを、雲に"成って"受けとめているのは、"そのとき"の「私」であると同時に、"いま"雲の重みに疼きを抱えている「私」でもある。雲の目を感受している"いま"の「私」が、雲を体感していた"そのとき"の「私」の体感を捉えている。"いま"の「私」自身がその感覚に揺り動かされている。そして、それは語りの射程の中に収まっている……と。

「辞」の軛が切れている

　だが、そうだろうか。それなら、「雨が落ちはじめる」
のは〝いつ〟なのか。想い出の中の〝とき〟か、「夜中に、
天井へ目をひら」いている〝とき〟、「降り出し前の雲の動
きを思わせる、疼き」に耳を澄ましている〝とき〟なのか。
それとも、《私》の過去の経験からの、こういうときもあ
りうるという描写なのか。その三つがだぶっているのだと
したら、これを語っているのは、どこからなのか。

　この語りは、「木曜日に」を彷彿させるものがある。た
とえば、

　……と、木目が動きはじめた。木質の中に固く封じこ
められて、もう生命のなごりもない乾からびた節の中か
ら、奇妙なリズムにのって、ふくよかな木目がつぎつぎ
と生まれてくる。数かぎりない同心円が若々しくひしめ
きあって輪をひろげ、やがて成長しきると、うっとりと
身をくねらせて板戸の表面を流れ、見つめる私の目を睡
気の中へ誘いこんだ。ところがそのうちに無数の木目の
ひとつがふと細かく波立つと、後からつづく木目たちが
つぎつぎに躓いて波立ち、波頭に波頭が重なりあい、全
体がひとつのうねりとなって段々に傾き、やがて不気味
な触手のように板戸の中をくねり上がり、柔らかな木質
をぎりぎりと締めつけた。（中略）いまや木目たちはた
がいに息をひそめあい、微妙な均衡を保っていた。

　しかし、ここでは語りのパースペクティブは明確なのだ。確かに、木目を見ていた「私」がいつのまにか木目そのものに入り込み、木目そのものに"成って"語っているが、木目に感応しているのは木目を見ていた「私」だけでなく、それを思い出している「私」も、さらに手紙を書きあぐねている「私」を語っている（語り手としての「私」）もなのであり、その視線の奥行は語りから失われることはない。

　「眉雨」が「木曜日に」と決定的に異なっているのは、見ているものの見られているものへの視線の流れが明確な入子を辿れないことだ。見ているものがどれで、見られているものがどれなのか、初めから曖昧にされていることだ。

　「私」は、"いま"雲の体感を感じながら、同時にそれが"そのとき"の体感でもあり、"そのとき"の雲の目に成りながら、同時に"いま"の雲の目で自分を見ている。"いま"も"そのとき"も、同時に「私」の中にある。しかしその視点を徐々に辿っていく視線は朧で、「私」のパースペクティブが希薄になっているのである。

　"いま"の「私」の体感の向こうに、"そのとき"の「私」の体感が入子となり、さらにその向こうに"そのとき"雲の体感が入子になっているのなら、見ているのは"いま"の「私」だ。しかしそれを語っている語り手が見ているとしたら、"いま"の「私」を揺り動かしているのは語り手の体感の方であり、その体感が「私」に想い出を引き出させたことになる。それなら、「木曜日に」のように、結果として語り手まで揺り動かしているのではない。既に揺り

動かされた語り手の視線で語っているとみなければならない。

　つまり、この体感が、語り手の体感なのか、語られている「夕刻」での体感なのか、あるいは思い出されている「小児」の"とき"の体感なのか、は暈されている。

　語り手は、どの体感を語ろうとしているのか。「夕刻」の「私」のそれか、小児のときの体感なのか、それとも語り手の手元に"いま"ある体感なのか。そこが曖昧なのは、逆に言えば、語り手の語る視点がどこにあるのか、いつの"とき"を語っているのかが暈されているからにほかならない。いつの間にか、「夕刻から家を出」た「私」を語っていた視線が、入子のパースペクティブの中に紛れ込んでしまったのである。

　一見「夕刻」に出掛けた「私」の語りの入子となった「何者か、雲のうねりに、……」の節が、「目が雲中に失せて、雨が落ちはじめる。」と、どの語りのレベルに落ち着くのかが曖昧なままに、それ以上に語り手との距離の測れない「―虹、空に掛かる、」と始まる次の語りへと紛れていくのである。

Ⅱ・語りの破調

語り手のレベルの違い
　だから、つづいて転じた、

　　―虹、空に掛かる、あれを朝方に見たことはないか。

　──さて、朝焼けのひどいのなら。人を起そうかと思っ
たほどでしたけど、この世の終りではあるまいし。

　と、男女の会話と思わせる語りの位相が問題となる。前
述の図式をつづけてみると、

【
　《
　　（略）
　　［　　　雲の中には目がある。……見おろしている。
　　〈　　何者か、雲のうねりに、……
　　〉　　目が雲中に失せて、雨が落ちはじめる。
　　（]）
　　［　　　──虹、空に掛かる、あれを朝方に見たこと
　　　　　はないか。
　　］　　……やっぱり、雨になるのかね、と。知り
　　　　　ませんよ。
　（》）

　と、便宜的に整理できるが、この語りは、いくつかに位
置づけできるのである。
　まずひとつは、

　《
　　　　　　そう戒めるのも大袈裟な話で、……
　　［　　　雲の中には目がある。……

　　　　　］　　　　目が雲中に失せて、雨が落ちはじめる。
　　（》)
　　《　　　　　─虹、空に掛かる、
　　　　》　　　やっぱり、雨になるのかね、と。知りませんよ。

　　と、「そう戒めるのも大袈裟な話で、……」と同じレベ
　ルの「私」の語りとみなすか、それとも、

　　《
　　　　　　　　そう戒めるのも大袈裟な話で、
　　　　［　　　　雲の中には目がある。……
　　　　］　　　　目が雲中に失せて、雨が落ちはじめる。
　　　　［　　　　─虹、空に掛かる、……
　　　　］　　　　やっぱり─雨になるのかね、と。知りませんよ。
　　（》)

　　と、「雲の中には目がある」と同じ「私」の語りの入子
　となっている語りとみなすか、あるいは、

　　《
　　　　　　　　そう戒めるのも大袈裟な話で、
　　　　［　　　　雲の中には目がある。……
　　　　］　　　　目が雲中に失せて、雨が落ちはじめる。
　　　　〈　　　　─虹、空に掛かる、……
　　　　　〉　　　やっぱり─雨になるのかね、と。知りませんよ。
　　（》)

　と、「私」の語りの入子となっている「雲の中には目が
ある……」の入子になっている語り（たとえば、「何者か、
雲のうねりに」を「雲の中には目がある……」の入子とみ
なせば、それと同列に）とみなすか、それとも、

《
　[　　　　雲の中には目がある。……見おろしている。
　　〈　　　何者か、雲のうねりに、……
　　〉　　　目が雲中に失せて、雨が落ちはじめる。
　　　（　―虹、空に掛かる、あれを朝方に見たこと
　　　　　はないか。
　　　）　……やっぱり、雨になるのかね、と。知り
　　　　　ませんよ。
　（]）
　（》）

　と、その「何者か、雲のうねりに」という雲との感応の
語りの入子となっている語りとみなすか、の違いといって
いい。つまり「私」を対象化したとみるか、「私」が入子
にした語りのパースペクティブの中に、会話を対象化した
とみるかの違いである。
　しかし、である。まったく別の見方もできる。「私」は、語っ
ている "あるとき"（それを先に、「私」が語っている "と
き" と表現した）から、夕刻の自分を対象化して語ってい
る。それが一応語り手であるが、夕刻の「私」を語ってい
るのと独立に、これを語ったとしたらどうなるか、である。

それは、前節で触れた語り手による語りとは全く別である。たとえば前述の四者の違いなどは、所詮語られた「私」の語りのレベル差を問題にしているにすぎない。だが、もし、その「私」を語ってる語り手のレベルの違いとみなせばどうなるか。

たとえば、冒頭の図で言うなら、

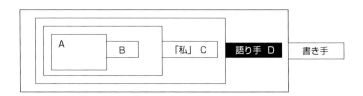

と、それを語っている「私」という語り手レベルの違いと見なせばどうなるか。つまり、ゼロ記号化されていたDの"とき"からのレベル差ではなく、Cの語り手を語る語り手（D）とは別に、語り手が新たに登場してきた、とでも言えばいいか。

語りの枠組みそのものの変更

それは、「私」について語ってきた語り手とは別の、その語り手では語れない語り、たとえば自身が対象となるレベル、「私」についての語りとはまったく別の、他人についての語りのレベルが並列で（併置されて）語られるためには、そうした語り手を語るもう一人の語り手を必要とするように、それまで語り手と呼んできた《語るもの》とは別の《語るもの》を必要とすることにほかならない（ここ

でも、その語り手の "とき" もゼロ記号化されているために、"そのとき" が "いま" である擬制の中で語られている)。すると、

    [
      【
      《
            そう戒めるのも大袈裟な話で、……
          [雲の中には目がある。……
          ] 目が雲中に失せて、雨が落ちはじめる。
      》
      (】)
      【   —虹、空に掛かる、
      】   やっぱり雨になるのかね、と。知りませんよ。
    ]

と、語りの枠組そのものが変更になったことを意味する。違いは、作品のパースペクティブの視点が後退したこと、「私」を語る語り手とは別の語り手を必要とするということにほかならない。

　つまり、前述のレベルの語りが、語り手が自分について語っているのだとすれば、こっちは、語り手が、一方で「私」と一人称で語るものについて語るのと同時に、他方で別の人称で語るものも語るということと同じことだ。それは、語られている作品の限界がどんどん手前へと広がっていくことになる。

語りの入子が、語りの遠近法の消失点を先へ先へと前進させるのに対比すれば、ちょうどカメラで覗いた世界で、視点を前へ前へと接近させると、（顕微鏡の視点のように）世界がどんどん微視的に極限されていくのに対して、視点を限りなく後退させると、（宇宙からの視点のように）世界が無限大に拡大するのに似ている、と言えるだろう。つまりは、語るものと語られるものの関係が、こうしてより（奥行でなく）間口を広げたということになる。

経時的語りと共時的語りの共存

　ここで問題にしたいのは、そういう作品のパースペクティブなのだということを強弁したいのではなく、「私」の語りのパースペクティブが、そう解釈できるほど、渺としているということにほかならない。だから「私」の語りの入子となっているのなら、本来共時的な語り、語っているものの"とき"に呑まれるはずの時間が、「私」を語ると同じレベルでの語りである経時的な語りとも取れるくらいに、まるで並列的に、「私」の語りの中で並んでいるようにみえることの方が重要である。いや、それどころか、「私」の語りとすら、並列になっているとさえ言えることが、留意すべきことなのだ。

　だから、素直にみて、

《
　　　　　　独り言がほのかにも韻文がかった
（中略）

[　　　雲の中には目がある。……
]　　　目が雲中に失せて、雨が落ちはじめる。

[　　　―虹、空に掛かる、……
]　　　やっぱり、雨になるのかね、と。知りませんよ。
（《》）

　と、語り手にとっては、そのすべてが同列であり、パースペクティブが明確でなく、その分いくつかの視点をだぶらせて、見え方がぶれ、それがかえって、夢とうつつとを分かちがたい幻覚的なものになっていく、とみなすべきかもしれない。

幻のパースペクティブ

　さらに、この、

　―虹、空に掛かる、あれを朝方に見たことはないか。
　―さて、朝焼けのひどいのなら。人を起そうかと思ったほどでしたけど、この世の終りではあるまいし。
　―眠っていなかったんだな。

　とはじまる、男女の会話の語りの位相もさることながら、その語りの構造そのものも曖昧である。そのために、この会話自体が、パースペクティブのはっきりしない、両者が微妙な齟齬をもったまま、噛み合っているのかいないのか、それでも一周遅れのように、顔を合わせながら、どこか共

振しつつ、螺旋を描いて展開していく。

　――虹、空に掛かる、あれを朝方に見たことはないか。
　――さて、朝焼けのひどいのなら。人を起そうかと思っ
たほどでしたけど、この世の終りではあるまいし。
　――眠っていなかったんだな。
　――眠っていたんでしょうね。話しかけられて答えては、
時間がひとまとまりずつ飛んで、人の顔も変っていきま
したから。自分も起されるまで眠ってしまおうかと、窓
辺に出たんです。膝が固くなっていた。目の隅に掛かっ
た髪を、ひとすじつまんだら、白いんですよ。その白髪{しらが}
までが、赤く染まって。
　――雨が降り出した、まもなく。
　――午後まで土砂降りだった。晴れつづきだったのに。
肌着まで染みは通る、足もとはもう滲めなこと。どうし
ても、雨にかからないわけにはいきませんから。それに、
あの降りの中で、なにかの拍子に、傘をさし忘れている
のね。おそろしそうな顔して見てる人がいた。でもこれ
ぐらい降ればいっそ、なにもかも、区別もないようで。
一度だけ気色ばみましたけど。ついてないな、と天を仰
いで手放しに滅入られたので。悪うございました、と笑っ
てしまって。
　――ぼやくんだな、困ったところで。
　――心得がないんですよ、近頃。雨でも降ればなにかと、
手間取りますし。早く放免されたい一心で。
　――流れが滞ると、子供っぽくなる。

　—ああ、そう言えば虹、出てましたよ、あの帰りに。皆、陽気な顔をして、がやがや指差してました。あたしも、いっとき気が抜けて、感心して見あげてましたっけ。あの降りにしてはずいぶん、あどけない色合いだなと思って。煙突のむこうから立って、高台の上へ、淡いのでしたけど。

　—あどけない、なるほど。

　—あの朝ならもっと、凄いのが立ったでしょうね、黒い虹とか。

　—紫一色とか。

　—同じことですよ。空があれだけ焼けては。西のほうまで赤かった。日の暮れまでひとりで寝過したのかと思ったほどでした。朝の空気を吸おうとして、二階の雨戸を細くあけたそのとたんに。

　—二階の雨戸……。

　—部屋にいろいろ小物が押しこまれてました。衣裳部屋にもなっていて、物と物の間を分けて、女たちが三人、小さく丸まって眠ってました。空が赤すぎるので自分でも気が引けて、雨戸を閉めて振り向いたら、目をくらまされた真暗闇の中に、戸の隙間から光が洩れていたんでしょうね、三方から皺々の顔が、こちらへ首をもたげて、赤く染まっていた。大きな目をひらいているの。昨夜まで自分もじきに死ぬようなことを言っていたのが、あたしを気味悪そうに見て、雨になるのかね、そうたずねるの。

　—あなたの顔も、赤く焼けていた。

　—雨戸を閉めた上に、空のほうへ、背を向けていたん

ですよ。
　—輪郭が、赤く縁取られていた。
　—女たちの目がおずおずと、こちらに集まってました。つい眠ってしまったのを、咎められた気がしたのかしら。あたしの意向を、うかがうみたいな声でした。やっぱり、雨になるのかね、と。知りませんよ。

この会話には、幾つか不可解なところがある。
　もしこの会話の当事者を男女とすると、この二人は、朝焼けのとき一緒にいたのか、いたのだとすると、

　……雨戸を閉めて振り向いたら、目をくらまされた真暗闇の中に、戸の隙間から光が洩れていたんでしょうね、三方から皺々の顔が、こちらへ首をもたげて、赤く染まっていた。大きな目をひらいているの。昨夜まで自分もじきに死ぬようなことを言っていたのが、あたしを気味悪そうに見て、雨になるのかね、そうたずねるの。

という「たずねた」のは誰か。男か三人の女のうちの一人なのか。同様に、

　—女たちの目がおずおずと、こちらに集まってました。つい眠ってしまったのを、咎められた気がしたのかしら。あたしの意向を、うかがうみたいな声でした。

のはどちらなのか。もし男だとしたら、

　……つい眠ってしまったのを、咎められた気がしたのかしら。あたしの意向を、うかがうみたいな声でした。

　と、まるで女たちの尋ねに応えるみたいに言うのはどう考えたらいいのか。もし女たちの一人としたら、男が「あなたの顔も、赤く焼けていた」と答えたのはどういうことか。

　それとも、そもそもこの会話は男と女ではなく、女とその女三人のうちのだれかなのか。いや、そうすると会話のはじめのやりとりと合わなくなってくる。あるいは、土砂降りのとき、一緒にいたのは男なのか、「ついてないな」と「天を仰いで手放しに滅入」ったのは男なのか、しかし男だとすると朝焼けのときに、「うかがうみたいな声」で尋ねたのは誰なのか……。

　もうこれくらいでいいだろう。うつつのことと一貫して見ていくと、合わなくなってくるということにほかならない。つまり、ここには会話の中に、女か男かいずれかが、うつつとは別の幻のパースペクティブを語り出してしまっており、それが区別されていないために、齟齬を生んでいると見なすべきなのだ。

　その転調のひとつを、「二階の雨戸……」という答え方にみることができる。

二つの語りのパースペクティブ

　会話の始めでは、

　──虹、空に掛かる、あれを朝方に見たことはないか。

——さて、朝焼けのひどいのなら。人を起そうかと思っ
たほどでしたけど、この世の終りではあるまいし。
　——眠っていなかったんだな。
　——眠っていたんでしょうね。話しかけられて答えては、
時間がひとまとまりずつ飛んで、人の顔も変っていきま
したから。自分も起されるまで眠ってしまおうかと、窓
辺に出たんです。膝が固くなっていた。目の隅に掛った
髪を、ひとすじつまんだら、白いんですよ。その白髪ま
でが、赤く染まって。

　と、女はついと窓辺に立った気配なのに、後段では「二階」
に変じている、と見なすべきだ。女には、そのとき、三人
の女が見えたのだ。その三人は、女の来歴の中で生きてい
る。姉妹かもしれないし、叔母かもしれない。そんなこと
はどうでもいい。その存在がある場面は、「小物が押しこ
まれて」いて、「衣裳部屋にもなってい」る二階の部屋で
なければならない。「自分もじきに死ぬようなことをいっ
ていた」"とき"が、女の語りのパースペクティブの中に、
入子となって語り出されてしまっている。男は、多分それ
を知っている。いや知らないかもしれないが、結果として
その食い違いに合っている。おのずと合うことで、食い違
いは綻びを見せない。

　——……西のほうまで赤かった。日の暮れまでひとりで
寝過したのかと思ったほどでした。朝の空気を吸おうと
して、二階の雨戸を細くあけたそのとたんに。……

116

　—二階の雨戸……

　—部屋にいろいろ小物が押しこまれてました。衣裳部屋にもなっていて、物と物の間を分けて、女たちが三人、小さく丸まって眠ってました。空が赤すぎるので自分でも気が引けて、雨戸を閉めて振り向いたら、目をくらまされた真暗闇の中に、戸の隙間から光が洩れていたんでしょうね、三方から皺々の顔が、こちらへ首をもたげて、赤く染まっていた。大きな目をひらいているの。昨夜まで自分もじきに死ぬようなことを言っていたのが、あたしを気味悪そうに見て、雨になるのかね、そうたずねるの。

　—あなたの顔も、赤く焼けていた。

　—雨戸を閉めた上に、空のほうへ、背を向けていたんですよ。

　—輪郭が、赤く縁取られていた。

　—女たちの目がおずおずと、こちらに集まってました。つい眠ってしまったのを、咎められた気がしたのかしら。あたしの意向を、うかがうみたいな声でした。やっぱり、雨になるのかね、と。知りませんよ。

　どこか泥んだ男女の会話の絶妙の呼吸にも見える。お互いが、相手の言葉に自分のパースペクティブを見て、それぞれ違うものを見ている。その分だけ会話としては、微妙にずれる、一歩遅れる。そのずれた分が、しかし不思議と一巡りしてからまた、追い付き、噛み合ってくる。そんな男女の関係の陰影をうまく、隠喩的に現前している、とみるべきだろう。

だが、こうした陰影は、ただ比喩的なものではなく、この会話自体を語るパースペクティブが明晰ではなく、その分違う視点から見えるものが透けて浮き出てくることになる、語りの陰影でもあるはずである。

Ⅲ・語りの折り畳み

「哀原」の折り畳まれた「辞」

　これに対比できるのは、やはり「哀原」である。「哀原」では、かろうじて、その視線の全貌を説明し、語りの複雑な位相を余すところなく示している。

　死病にとりつかれた友人の七日間の失踪を語る語り手たる「私」が、自分の目、友人の目、そしてその間受け入れていた女性の目、で友人の全体像を語り尽そうとする。そこでは、「私」の語りは三段階の射程をもっている。

　まず「私」は、これを語っている "とき"（つまり、それを語り手のいる "とき" と考える）から、直接 "そのとき" の会話を語る。この「直接話法」（この語りを、便宜的にこう呼んでおく）として対象化したとき、友人の語りとそれを聞く「私」を、次のように「私」のパースペクティブで、

　　……自分があの七日間に何をしたか、覚えがないとは、俺は言わんよ。今は細かいことを思い出せないが、だからと言って、責任を逃れはせんよ。女のところへ逃げて、また女房のところへ逃げてきた、どちらかを疎んだその分だけ、どちらかへ惹かれる、ということではないんだ。

友人の、「私」への語りかけとして現前化される。このとき「私」の語りは、それを聞いていた「私」と同時に、友人の語りを現前化させている。だが「私」は、"そのとき"友人が「私」に向けた語りの面を見ているだけで、その語りの向う側を見ているわけではない。あくまで「私」に向かって語りかけている語りそのものを、"そのとき"の「私」のパースペクティブによって見ているにすぎないから、その制約の中でその口調と意味を対象化しているだけだ。

一方、「私」による、次のような友人の対象化は、

　　厄年というのはあるもんだね、と友人はそんなことをつぶやく。危険な話題に私は尻ごみしかけるが、相手の回復者の口調はやはり破れていない。人さまざまなのだろうがね、と友人はことわってから、ぽつりぽつり話し出す。

と、友人の話を、語っている「私」の"いま"整理した、「間接話法」（この語りを便宜的にこう呼んでおく）による語りは、友人の語りの口調をかなり残しているか、友人の語りの視線を残しているか、あるいは全くその意味だけを残しているか、という差異はあるが、その語りが、語っている「私」のいる"とき"からの俯瞰した視線によって対象化され、語りそのものを引き写すのではなく、語られている意味・内容を一旦「私」によって要約ないし整理されているとみなすことができる。だから、友人は、「私」が語っている"いま"にいる。だからその友人は、語っている「私」

のパースペクティブで制約されていることになる。

「哀原」のパースペクティブの射程

　だから「私」は、どれだけ「私」を対象化しても、結局「私」の視線からは出られない。「私」のパースペクティブの中から出られない。とすれば、「私」は「私」のいないところについての現前化を語り出すことはできない。

　「直接話法」では、語られている"そのとき"の「私」の目線で制約されていたとすれば、「間接話法」では、語っている"いま"の「私」の目線に制約されている、ということができる。そして重要なことは、"そのとき"のいずれにも、「私」はいる、ということだ。

　それに対して、

　　……夜だった。いや、夜ではなく、日没の始まる時刻で、低く覆う暗雲に紫色の熱がこもり、天と地の間には蒼白い沼のような明るさしか漂っていないのに、手の甲がうっすらと赤く染まり、血管を太く浮き立たせていた。凶器、のようなものを死物狂いに握りしめていた感触が、ゆるく開いて脇へ垂らした右の掌のこわばりに残っていた。

　では、友人の語りの中の"そのとき"には、「私」はいない。いない"とき"について、「私」は語っている。そこには、「私」の視線だけが見た未知のパースペクティブがある。友人の語ったことの向こうに、見えないものを見た「不在」を語

るパースペクティブがある。「私」の視線だけが現前化させたパースペクティブがある。そのとき「私」は、友人の語りの向う側を、ちょうど作品の語り手が作品に向かうように、向き合っていた、ということができる。あえて言えば、友人の七日間について物語る語り手の位置に「私」はいた、そしてその位置から、「私」の感覚で、友人の話を蘇らせたということができる。

この三つの語りの射程が見届けているのは、三つの語りの層である。

まず第一は、語っている"いま"から、どこまで視線の射程が届いているか、という語りの深度が見届けられている。その深度によって、つまりは「私」の視線の浸透度によって、さまざまな語りの次元が層をなすことになる。

「私」と女性（あるいは友人）が語り合っている"とき"の対象化、「直接話法」の語りであり、次は、ここでは時間的な距りはなくなってはいるが、「私」が彼女（あるいは友人）の語りそのものを対象化し、その語りを彼女の視線を残したまま「私」の語っている"とき"から語り直している「間接話法」の語りであり、そして、女性の語りの中の、友人と一緒の、二年前、一年前、七日間の"とき"を現前化する語りであり、そして更に女性の語りが引き出した、友人の妹と関わる"とき"を現前化する語りである。

第二は、第一の語りの視点によって必然的にもたらされるものだが、「私」が語っている"とき"に対して、どれだけ時間の層を遡っていくかが見届けられる。女性の話を聞いている"とき"、彼女が語る友人との出会いの"とき"、

友人を保護していた七日間の"とき"、友人が語る思い出の中の"とき"と、「私」の視線は、その時間の層を貫いている。

　第三は、その"とき"を遡っていくときのパースペクティブの多層性（あるいは視点の転換）。そこに現前する視界の重層性である。たとえば、「私」は彼女が語るパースペクティブの中の友人との"とき"の中で、友人が語ったパースペクティブの中の妹を見届けるというように。

　たとえば、女性の語りの中に、友人の語りが現前化するところをみてみよう。

　それには二つの違った視点の語りが入っている。一つは、

　　お前、死んではいなかったんだな、こんなところで暮らしていたのか、俺は十何年間苦しみに苦しんだぞ、と彼は彼女の肩を摑んで泣き出した。実際にもう一人の女がすっと入って来たような、そんな戦慄が部屋中にみなぎった。彼女は十幾つも年上の男の広い背中を夢中でさすりながら、この人は狂っている、と底なしの不安の中へと吸いこまれかけたが、そのうちに狂って来たからにはあたしのものだ、とはじめて湧き上がってきた独占欲に支えられた。

　女性の語りの向う側に、彼女が「私」に語っていた"とき"ではなく、その語りの中の"とき"が現前する。「私」がいるのは、彼女の話を聞いている"そのとき"でしかないのに、「私」は、その話の語り手となって、友人が彼女の

アパートにやってきた"そのとき"に滑り込み、彼女の視線になって、彼女のパースペクティブで、"そのとき"を現前させている。「私」の語りは、彼女の視点で見る"そのとき"のパースペクティブを入子にしている。

　もう一つの、入子になっている友人の語りは、

　　或る日、兄は妹をいきなり川へ突き落した。妹はさすがに恨めしげな目で兄を見つめた。しかしやはり声は立てず、すこしもがけば岸に届くのに、立てば胸ぐらいの深さなのに、流れに仰向けに身をゆだねたまま、なにやらぶつぶつ唇を動かす顔がやがて波に浮き沈みしはじめた。兄は仰天して岸を二、三間も走り、足場の良いところへ先回りして、流れてくる身体を引っぱり上げた。

　と、そこは、「私」のいる場所でも、女性が友人の話に耳を傾けていた場所でもない。まして「私」が女性の眼差しに添って語っているのでもない。彼女に語った友人の追憶話の中の"そのとき"を現前させ、友人の視線に沿って眺め、友人の感情に即して妹を見ているのである。

　時間の層としてみれば、
　「私」の語る"とき"、
　彼女（あるいは友人）の話を聞いている"とき"、
　彼女が友人の話を聞いている"とき"、
　更に友人が妹を川へ突き落とした"とき"、
　が一瞬の中に現前していることになる。
　また、語りの構造から見ると、「私」の語りのパースペ

クティブの中に、女性の語りがあり、その中に、更に友人の語りがあり、その中にさらに友人の過去のパースペクティブが入子になっている、ということになる。

「哀原」では、その語りのすべては、「私」との距離によってのみ、語っている「私」のパースペクティブの中に整序されている。その遠近法だけによって、共時の"とき"につながれている。

収斂しない語りのパースペクティブ

こうみると、「眉雨」では、冒頭からの語りは、「私」のパースペクティブと並列なのか、入子なのか曖昧のまま、「哀原」の「私」のような、全体のパースペクティブを整序する視点をもっていないのである。一見「私」の語りでスタートしながら、誰の語りなのかが朧気になっていく。とすれば、入子とは何に対しての入子なのか。そのパースペクティブを収斂していく視点はどこなのか、が見極めにくいのである。それは、《語るもの》と《語られるもの》の関係が、初めから暈されているということでもある。

入子とは、ある視点からのパースペクティブが、別の視点からのパースペクティブの点景となることにほかならない。つまり、「私」が語っていることは、別の"とき"の「私」(あるいは別人の"とき"も)の思い出の表象でしかなく、それ自体また、別の"とき"からの想い出にすぎないというように、である。つまり、入子は、その意味で共時的である。時間の縦割りである。一義的に見える"そのとき"の向こうに、奥行を語ることである。だが、そのとき「私」の視

点が曖昧になるということは、それぞれの"そのとき"が収斂していく"とき"をうしなって、独立していくということにほかならない。

また入子とは、あるパースペクティブに対する差異化である。あるいは差異化とは、あるパースペクティブに入子のパースペクティブを見ることにほかならない。入子の視点が曖昧化した後に残るのは、入子関係において示されたパースペクティブ間の差異化の関係だけである。つまり、それは独立した"とき"が通時的に並んでいくことになる。

「私」のパースペクティブが暈されていると言ったが、たとえば、「空には雲が垂れて東からさらに押し出し、雨も近い風の中で、人の胸から頭の高さに薄明りが漂っていた。……」の節は、並べてみると、

　「雨も近い風の中で、人の胸から頭の高さに薄明りが漂っていた。」
　「顔ばかりが浮いて、足もとも暗いような。」
　「何人かが寄れば顔が一様の白さを付けて、いちいち事ありげな物腰がまつわり、声は抑えぎみに、眉は思わしげに遠くをうかがう……。」
　「雲が刻々地へ傾きかかり、熱っぽい色が天にふくらんで、」
　「頭がかすかに痛む。奥歯が、腹が疼きかける。」
　「たがいに、悪い噂を引き寄せあう。毒々しい言葉を尽したあげくに、……宵の残りを家の者たちと過して、

為ることもなくなり寝床に入るわけだが。」

「夜中に、天井へ目をひらく。……わずかに赤味が差す。」

「雲の中には目がある。目が、見おろしている。」

「小児の頃に、雨雲の寄せる暮れ方、……夢の中のことだったかもしれない」

「何者か、雲のうねりに、うつ伏せに乗っている。……眉がそむけぎみに、ひそめられ、目が雲中に失せて、雨が落ちはじめる。」

　前述したように、それぞれは何らかの形で入子の関係にある。しかしパースペクティブが希薄化されると、残るのは、相互の差異だけだ。確かに、入子になることで、ひとつの時刻の奥行を感覚的に現前している。こうしたパースペクティブの入子が、"そのとき"の共時的な語りに奥行を増す。しかしそれをひとつに整序する「私」のパースペクティブ、つまりそれぞれ語られていることと「私」が語っている"とき"、あるいは語るものとしての「私」からの距離が、不鮮明になっていれば、互いに共鳴しあい重なり合いながら、経時的な"とき"の流れをつくっていく（それがこの場合、語りのリズムともなっていく）。

入子の寄木細工

　もちろん語るものがいないのではない。しかし、それぞれを語る「私」は、それを語っている"とき"にいるのか、語られている"とき"にいるのか。夕刻の「私」について語っ

ている"とき"にいるのか、語られた夕刻の"とき"にいるのか。「哀原」でははっきりしていたその語りの視点は、入子になっていても入子のパースペクティブに移動しているようにもいないようにもみえる。二重写しになっているのは、入子になっても語りの"とき"がだぶっているからにほかならない。それは夢を見ながら見られているという、夢を見ている視点と見られている視点が重なっているのに似ている。しかも、その遠近法を暈しているために、見ている夢と、見られている夢とが視点を別々に並列になっていくということに等しい。

　この複雑な入子は、節と節だけでなく、センテンスとセンテンス、もっと言えば、語句と語句においてすら見いだすことができるのである。つまり、全体から細部まで、入子の寄木細工になっている。どこを切っても、細部の細部まで、びっしりと寄木になった、視点を変えるとさまざまに浮き上がる隠絵のような入子構造になっている。それが「眉雨」を分かりにくい作品にしている。と同時に、それがイメージの輻輳を増幅させているのもまた確かなのである。

Ⅳ・語りの並列化

語りのつづき具合
　さて続いて、語りは、

　　晴れた日に街を歩くうちに、視野が左右から狭まり、

正面からも輝きが拭い取られた。連夜の不眠のせいらしい。陽が翳ったわけでなく、伏せた瞼のすぐ上から、白光が渦巻いた。周囲の騒音が内へ傾きかかり、その乱入を支えていると、時もあろうに、腹の底から疼きがあげてきた。頭はその苦痛に関わりなげに、どこからそんな像が来たものか、引かれていく者たちの、従順な鬼気を浮べていた。そのまま姿勢は崩さず、街をまた歩いて、通りがかりのホテルの回転扉から入り、ひろいロビーを横切ってエレヴェーターに乗り、箱の唸りを遠い風と聞いてラウンジまで昇り、人の利用もすくない化粧室に入った。ゆっくりと用を足すにはこういう場所にかぎる、とそれだけのことだが。

　清浄な廁の内の、青いタイルを張った側面の壁に、腰掛けた便器の上から、うなだれた首をよじ向けると、細かい葉と、そして枝が浮んで次第に密に繁り、眼球の内の刺激から来る虚像には違いないが、黒々と林立する幹の影も伸び、壁にそって見あげるにつれ、一斉に生い育って鬱蒼とした森林となり、廁はおろか建物全体を覆いこみ、その外までひろがった。樹冠の間にのぞく空はほの白く、日没過ぎか、それとも払暁か、雨が落ちはじめた。

　と、「眉雨」では唯一、転換点を示す語句をきっかけに、冒頭と同様、「私」の語りのレベルに戻るように見える。ただ、冒頭の、

　　【

《
　　［
　　　　〈　　　この夜、凶なきか。……
　　　　〉　　　……あやふきことあるか。
　　　　］　　　独り言がほのかにも……漸次、狂うおそれ
　　　　　　　　はある。

　　　　　　　そう戒めるのも大袈裟な話で、(《)
　】

とある「私」の語りと同じレベルかどうかははっきりし
ない。むしろ、

　【
　《
　　　　　独り言がほのかにも韻文がかった
　（中略）
　　　［　　雲の中には目がある。
　　　］　　目が雲中に失せて、雨が落ちはじめる。

　　　［　　―虹、空に掛かる。
　　　］　　やっぱり、雨になるのかね、と。知りませんよ。
　(《)

と続いた構造の、

```
[      一虹、空に掛かる。
]      やっぱり、雨になるのかね、と。知りませんよ。
```

　という語りの、喩として語り出された、その入子の語り
と見えなくもない。ま、しかし、いずれとしても、

```
《》
          晴れた日に街を歩くうちに、………虚像に
          は違いないが、
[        黒々と林立する幹の影も伸び、
]        ……艶かしく、こちらを眺めていた。
》        いきなり呻いて、……渇いた舌の上にひろ
          げた。
```

　とある語りの構造自体は、トイレに入っての夢想までは、
比較的見易いはずである。

幻のパースペクティブの織り出すリズム
　その語りは、

　　……通りがかりのホテルの回転扉から入り、ひろいロ
　ビーを横切ってエレヴェーターに乗り、箱の唸りを遠い
　風と聞いてラウンジまで昇り、人の利用もすくない化粧
　室に入った。ゆっくりと用を足すにはこういう場所にか
　ぎる、とそれだけのことだが。

から、

　清浄な廁の内の、青いタイルを張った側面の壁に、腰掛けた便器の上から、うなだれた首をよじ向けると、細かい葉と、そして枝が浮んで次第に密に繁り、眼球の内の刺激から来る虚像には違いないが、黒々と林立する幹の影も伸び、壁にそって見あげるにつれ、一斉に生い育って鬱蒼とした森林となり、廁はおろか建物全体を覆いこみ、その外までひろがった。樹冠の間にのぞく空はほの白く、日没過ぎか、それとも払暁か、雨が落ちはじめた。太鼓の音が聞えていた。もう久しく打ち鳴らしている。

　と、「清浄な廁の内の、青いタイルを張った側面の壁に、腰掛けた便器の上から、うなだれた首をよじ向けると、」から、そう語っている"とき"の時間軸が曖昧に、夢想の世界へと滑り込んでいく。

　……うなだれた首をよじ向けると、細かい葉と、そして枝が浮んで次第に密に繁り、眼球の内の刺激から来る虚像には違いないが、黒々と林立する幹の影も伸び、壁にそって見あげるにつれ、一斉に生い育って鬱蒼とした森林となり、

　すでにここからは別の"とき"が現前している。別の"とき"と"ところ"に立った、「私」の語りの入子となった語りということができる。

「細かい葉と、そして枝が浮んで次第に密に繁り、」まで
は、まだ「私」の語りであり、そこから、「眼球の内の刺
激から来る虚像には違いないが、」で、「、」を軸として、「黒々
と林立する幹の影も伸び、壁にそって見あげるにつれ」へ、
表現空間が一変し、

　　……一斉に生い育って鬱蒼とした森林となり、廁はお
　ろか建物全体を覆いこみ、その外までひろがった。樹冠
　の間にのぞく空はほの白く、日没過ぎか、それとも払暁
　か、雨が落ちはじめた。太鼓の音が聞えていた。もう久
　しく打ち鳴らしている。

と、「私」に入子にされた語りへと滑り込んでいく。いや、
「私」は"そのとき"の中に立って語っている。

　　……太鼓の音が聞えていた。もう久しく打ち鳴らして
　いる。同じ森林の続きの、こちら側の陵を越して、ひと
　きわ鬱蒼とした窪地を渡り、またゆるやかに盛りあがる
　陵の向こう、敵方の麓からわずかずつ進んで来て、もう
　さほどの隔りもない。物に憑かれて打ちまくってきたの
　が、いまではともすればとろとろと、まどろむような緩
　慢さになりかけては、はっと鞭打たれてまた狂おしく打
　ち続ける。（中略）

　　敵の出陣前の太鼓の音を、窪地ひとつの未来を隔てて、
　我身の熟知の内から聞く。繁みの底に隠れうずくまり、

役として、ひたむきに耳を傾ける。半日、一日、そして
打ち手の精が細り、命を尽しはじめ、ここを極みに打ち
こみ叩きつのる音が、ひとつながりに響きながらえ、窪
地に満ちて、（中略）

　聞き取り、うずくまり、抑えこむ、その恐怖の力に
しかし、やがて手応えがわずかずつ薄れてきた。思わ
ず、地につけていた額を起して、前方を見た。稜線の上
に、雨空を負って、白装束の人が立ち、木の枝を片手に
掲げて、こちらを眺めていた。敵側の陵だ。あの陵上か
らは、こちら側の稜線は見えようが、それよりも下った、
しかも森林の下草の中に潜む姿は見えるはずがない。実
際に漠とひろく眺めるだけで、視点は定まっていなかっ
た。しかしこちらこそ、ここからは見えるはずもない姿
を、見てしまった。そしてつかのまでも、見られたと感
じた。聞く者として、見られたにひとしい。（中略）

　……陵上の姿が伏せた目に見えのこった。やがてその
脇にもう一人立ち、また二人左右に加わり、林の中か
ら続々と現われて、白装束が男ともつかず女ともつか
ず、長い台状の陵の上に一列、何百人と並んで、背後の
木の枝に登る者もあり、揃って静かに、見つめるでもな
く、まして睨むでもなく、ゆるやかにひらいた目を、瞬
きはせず、眉はややひそめて、それぞれ正面遠くへ遣る
と、視線はこちら側の陵上をあまねく差し、さらにそれ
を超えて森林の梢にも張りつめ、いっとき雨の止んだ白

さの中で、さらに垂れる黒雲のように、草の穂の上にまで力を掛けてきた。

この「私」の夢想として、入子となった世界自体が、さらにいくつもの細かな入子を重ねて、独特のリズムで、見えないものを見る入子を重ねていく。

見えないものを見る入子の連なり

たとえば、「太鼓の音が聞えていた」から始まって、聞く視点から、「もう久しく打ち鳴らしている」と耳を傾けていたのが、いつか、

　……物に憑かれて打ちまくってきたのが、いまではともすればとろとろと、まどろむような緩慢さになりかけては、はっと鞭打たれてまた狂おしく打ち続ける。それでも、まもなく力尽きて頽れそうな疲れの色はあらわで、遠方を威嚇する音の裏に、我身の、命を訴える声が混った。女らしい。まわりに大勢の男が集まって見守り、狂い抜くよう、凶器を地に衝いて責めている。

と、いつか太鼓をたたく者へと身を寄せて、そのものとなって聞いている。いわば、「物に憑かれて打ちまくってきたのが、いまではともすればとろとろと、まどろむような緩慢さになりかけては、はっと鞭打たれて……」は、太鼓の音を聞いている自分の見ている、入子となった幻である。厠の中での夢想が、だから、更に幾つもの入子を呑み

込みながら、差異の漣を打つようにつながっていく。

　何事か、陰惨なことが為されつつある。人を震わすことが起りつつある。
　あるいは、すでに為された、すでに起った。
　過去が未来へ押し出そうとする。そして何事もない、何事のあった覚えもない。ただ現在が逼迫する。
　逆もあるだろう。現在をいやが上にも逼迫させることによって、過去を招き寄せる。なかった過去まで寄せて、濃い覚えに煮つめる。そして未来へ繋げる。未来を繋ぐ。

ないはずの原因が、身内に熟知のものとして見えると、ありえない結果が見えてくる。そのようにして、「太鼓の音が聞こえ」「敵方の麓」が見え、大勢の男に責められて太鼓を打つ「女」が見え、「役として」それに耳を傾け、耳ひとつで敵の来襲を「聞き奪って、阻止」しようとする自分が見える。それが、「見えるはずもない姿を、見て」しまう。

　……思わず、地につけていた額を起して、前方を見た。稜線の上に、雨空を負って、白装束の人が立ち、木の枝を片手に掲げて、こちらを眺めていた。

それは、恐怖が見たのではなく、一瞬に追い立てられる切迫感が、ありもしない過去を招き、ないはずの恐怖を身内に熟知のものとして覚えさせ、ありもしない視界を与え

る。いずれもが幻でありながら、うつつなのだ。見ていたはずの幻に、いま逆に見入られている。見られているから、見える。見られていると感じるから、一層「見えるはずもない姿」が見えてくる。

　……やがてその脇にもう一人立ち、また二人左右に加わり、林の中から続々と現われて、白装束が男ともつかず女ともつかず、長い台状の陵の上に一列、何百人と並んで、背後の木の枝に登る者もあり、揃って静かに、見つめるでもなく、まして睨むでもなく、ゆるやかにひらいた目を、瞬きはせずに、眉はややひそめて、それぞれ正面遠くへ遣ると、視線はこちら側の陵上をあまねく差し、さらにそれを超えて森林の梢にも張りつめ、いっとき雨の止んだ白さの中で、さらに垂れる黒雲のように、草の穂の上にまで力を掛けてきた。

幻の入子となったもうひとつの幻

　だから、この先は、幻の入子となったもうひとつの幻とみることもできる。「大勢の像に、目の内を侵された」という、ありえない原因によって招き寄せられた結果なのだ。「二度と面」をあげないまま、見た未来なのだ、と。だから、

　……ふわりと頭があがり、目は伏せたまま、からだが起きた。痺れた足が地を踏みしめて立ち、強くうつむきこんで、耳から先に、最後の迎撃に向かう戦慄につつまれて、森林の中を登り出した。やがて陵上にただひとり

身を晒し、窪地に満ちて寄せる大きな唸りの、その中心とおぼしき方角に向かって、首を刎ねられる贄のかたちに跪いて頭を垂れ、渾身の精を耳へ傾けた。

のも、「敵の衆の望むその前で、このひろびろと流れる唸りを、一身に聞き取って見せる」のも、敵が「ここを先途と声を深める」のも同じことだ。「唸りは幾波も重ねて急になり、満ちに満ちきって内へ轟き、その天井からもうひとつ、細い音となって溢れようとするその瞬間、その細みから、唸りの全体を抱きこんで前へ頽れ、耳を立てたまま息絶える」。唸りは外にあるのではなく、内にある。内にあるはずの唸りが外で広がり、満ちる。もう内にあるとも、外に聞こえているとも、区別はつかない。

喩とうつつの交錯

この幻想の、往古の戦の真っ只中における、両者の拮抗する対峙の背景に、何度も出てくる、

　「白装束の人が立ち、木の枝を片手に掲げて、こちらを眺めていた。」

　「ここからは見えるはずもない姿を、見てしまった。そしてつかのまでも、見られたと感じた。聞く者として、見られたにひとしい。」

　「やがてその脇にもう一人立ち、また二人左右に加わり、林の中から続々と現れて、……何百人と並んで、……睨むでもなく、ゆるやかにひらいた目を、瞬きはせ

ず、眉はややひそめて、それぞれ正面遠くへ遣ると、視
線はこちら側の陵上をあまねく差し、」

　等々と、「見る」目のもつ意味について、白川静氏のこ
んな説明がある。

　　自然の啓示を知るには耳目の聡明を必要とするが、自
　然にはたらきかけ、あるいは他者に呪的な力を及ぼす行
　為として、目の呪力が重要であった。見は人の上に大き
　な目をかく。視るという視覚的な行為以上に、対者との
　交渉をもつ意味を含んでいる。（略）
　　対者との霊的な交渉をもつ行為が「みる」であるが、
　邪霊を祓うのには呪眼を用いた。（略）眼は……、呪眼
　を意味する字のようである。
　　眼の呪力を強めるために、ときに目の上に媚飾を加え
　ることがある。媚女はシャーマン的な巫女であった。（略）
　媚女は異族との戦いのとき、つねにその先頭に立った。
　的に呪詛をかけるためである。勝敗は、両軍の媚女の呪
　力の優劣にかかっていた。（略）
　　戦いに勝った場合、相手の呪力を殺ぐことが、何より
　も必要であった。敵の媚女は戈にかけて殺された。（白
　川静『漢字』）

　しかし、そういう直截的な意味を超えて、そこには、《見
るもの》と《見られるもの》の関係を隠喩しているように
思える。つづく文章で、

　……あたり一面に立ちこめる煙霧の奥からほの暗く、ただひとりこちらを眺めるけはいがあり、人とも樹木ともつかぬ、影が見えかかった。掻き消され掻き消され、徐々に浮かびあがり、やがて青い、枝がほっそりと左右に伸びて樹木、いや、濡れた黒髪が枝にまつわりついて、木に架けられた女の姿が霧を押し分けて立った。（中略）

　枝振りもまだやさしい若木の、幹のぎりぎりの高さに、縛めどころを藤蔓で幾重にも括られて、胸から上は樹冠の内に入り、左右に伸びて繋がれた細腕も繁る枝に紛らわしく、頭はがっくりと落ちかけた途中で、髪を枝に絡み取られたか、あらかじめ結ばれたか、やや深くうつむくほどに留められ、天頂には瑞々しい葉のついた小枝をかざして、雨に叩かれ化粧をほどこされたように白く締まった額の下に、目は隠れているが、眉が苦悶と、そしてなにやら羞恥の色をふくんで艶かしく、こちらを眺めていた。

　―味方の女を架けたか。

　いきなり呻いて、私は廁の戸の外へ耳を澄ました。

とあり、相手の呪力を払うために装われた媚飾は死後もその効力をもち、絶対的に《見られるもの》と化した死者が、逆にその呪力のある眉によって、逆に《見るもの》を見返し、《見るもの》へと逆転している。

《見るもの》と《見られるもの》の隠喩

　この眉の視力が、《見るもの》と《見られるもの》の逆

139

転の隠喩となっている。つまり、通常は、相手の巫女を架けることで、相手の呪力を殺ぐ。しかし、味方の女を架けることへと変更することで、ついにその女の眉の呪力が相手を押え込んでしまう、と逆転させた。いやしかし、それを見ているものは、自分が《見るもの》であるとしか自覚しない。眉が逆におのれを《見るもの》に転換しているとは気づかない。だから、殺した女の呪力をどう殺ぐのか、とは考えない。そのために、死者の眉は、いつまでも気づかれないまま、永遠に《見られるもの》が究極の一点から見返す《見るもの》の視点へと転倒する、というようにも見なすことができる。

　これが、雲の目に女人の眉を見た、いやその眉に見られた、《見るもの》と《見られるもの》の関係が行き着いた極北にほかならない。

　そして、そこに、「縛めどころを藤蔓で幾重にも括られ」たものが、

　　……白く締まった額の下に、目は隠れているが、眉が苦悶と、そしてなにやら羞恥の色をふくんで艶かしく、こちらを眺めていた。

　というのは、自分が見たものであると同時に、自分が引き寄せたものでもある。《見るもの》は《見られるもの》になるとは、そういうことだ。

　このホテルに入って以降の語りでは、「私」のパースペクティブが滲まないのは、

　いきなり呻いて、私は廁の戸の外へ耳を澄ました。

と、夢想から醒め、

　……凶器でも握り寄せる興奮が、醜い恰好を取った全身を走った。屈辱の戦慄に似ていた。それから顔をしかめて、柄にもなく奔放になった夢想を持て余して脇へ放るその間際、味方の女か、ともう一度声に出してつぶやいた。敵にとっての味方ではないのか、と首をかしげ、敵の女と呼ぶよりも陰惨な感触が舌に残った。何知らぬ顔で化粧室を出ると、雨の気もなく、高い階にあたるガラス張りの館内はからりと晴れ渡り、ラウンジにたむろする男たちの、目が揃って強い光を帯びかけたが、何のことはない。珈琲の香が流れて、午さがりのだらけた雰囲気にすぎなかった。
　―敵の女、味方の女か。久しく忘れていた言葉だ。
　その夜中に、ひとりひそかに、その味をまた、渇いた舌の上にひろげた。

と、ここまでのくだりが、

トイレの中の「私」→夢想の森の中の「私」、

という入子の遠近法が明瞭だからにほかならない。しかし、語り手はこういう遠近法が描けるのに、あえてそれをしていないのだということも、ここから読み取るべきなの

だ。

冒頭とリンクする

　さて、しかし、この、

《》
　　　　　晴れた日に街を歩くうちに、………虚像に
　　　　　は違いないが、

　　［　　黒々と林立する幹の影も伸び、
　　］　　……艶かしく、こちらを眺めていた。

　　》　　いきなり呻いて、……渇いた舌の上にひろ
　　　　　げた。

という語りの後がまた問題になる。つづく、

　目というものがあるのに、男と女がよくもこう、肌を
馴染ませていられるものだ。降ろした瞼の裏に、どんな
光がおのずと差していることか。一身の情念なら、意識
下に潜む怨みだろうと、まだしも融ける。少時はほどけ
て、息のおさまるにつれてまた凝る。これも情交とか呼
ばれる事の内、その功徳だ。贅沢は言えない。

という語りの位置づけが曖昧なのだ。まず考えられるの
は、

142

《　　　　　　　　晴れた日に街を歩くうちに、
　》　　　　　　……渇いた舌の上にひろげた。
《　　　　　　　　目というものがあるのに、
　》　　　　　　腰をまた寄せながら、改まった声でたず
　　　　　　　　ねた。

と、前節と同列になっているとみることだ。それは当然、
冒頭の語りとも同列ということになる。あるいは、

《　　　　　　　　晴れた日に街を歩くうちに、
　》　　　　　　……渇いた舌の上にひろげた。
　［　　　　　　目というものがあるのに、
　］　　　　　　腰をまた寄せながら、改まった声でたず
　　　　　　　　ねた。

と、前節の語りの入子になっているとみる。あるいは、
この入子になった語り全体が、

《
　［　　　　　　この夜、凶なきか。……
　］　　　　　　……あやふきことあるか。
　》　　　　　　独り言がほのかにも……

　［　　　　　　晴れた日に街を歩くうちに、
　］　　　　　　……渇いた舌の上にひろげた。
　　〈　　　　　目というものがあるのに、

〉　　　　　腰をまた寄せながら、改まった声でたず
　　　　　　ねた。
（《）

　と、冒頭の語りの入子となっている、つまり、冒頭の語
りが、「晴れた日に街を歩くうちに」の節を入子とし、更
に「目というものがあるのに」という節をその入子にして
いる、とみることもできる。

語り手の「私」と「私」を語る語り手

　ともかく、「目というものがあるのに」が、「その夜中に、
ひとりひそかに、その味をまた、渇いた舌の上にひろげた」
という「私」の語りと並列している、もしくはその入子と
なっている、とみなすか、あるいは、

　　[　　　　　―虹、空に掛かる、あれを朝方に見たことは
　　　　　　　ないか。
　　]　　　　　……やっぱり、雨になるのかね、と。知りま
　　　　　　　せんよ。

でみたのと同様に、直接語り手が語っているとみなすか、
つまり、語っている「私」（語り手）が語っていることなのか、
その「私」に語られている「私」が語っていることなのか、
ということなのである。しかも、同じ語られた「私」でも、
冒頭にみたように、〝いつ〟の述懐かによって、その語り
のレベルは変わるし、区別もつけにくい。「夕刻から家を出」

た「私」、あるいは「その夜中に、ひとりひそかに」考えている「私」が"そのとき"考えたのか、それより前に考えていたことなのか、更に"そのとき"の「私」について語っている語り手の直接の述懐なのか、語りの"とき"が曖昧な以上、区別のしようはない。

これは、語り手が「私」と自分を語っているとみるべきか、語り手が「私」と一人称で語る者について語っているのか、の微妙な区別にほかならない。

どの語りとみるかで、たとえば冒頭の「私」の入子とみなせば、すべては"夕刻"の一時の奥行を語っている共時的な語りとみなせるように、"いつ"の時点の語りなのかによって、その語りの共時の範囲と、それと経時的に語られているものとの流れが明らかになるはずである。

しかし、語られている「私」も、入子のパースペクティブに対しては、俯瞰した視点を手に入れる（だから、語るものと語られるものの入子の視点が逆転するのであるが）のだから、そのとき「私」は語り手の語りに限りなく近づく。しかしその区別がつくのは、それが語り手のパースペクティブからの位相差がはっきりさせられているときだ。それが暈されているとき、語り手が、語っている"とき"と語られている"とき"との区別がつきにくくなる。

並列なのか前節の入子なのか

「目というものがあるのに、」という、この節の書き出しがそうであるなら、以下の語りがどう位置づけられるかは、もっと曖昧である。「目というものがあるのに、」のくだり

に続く、改行毎に、面倒だが、並べてみるなら、

　しかしお互いにどこの、馬の骨とまでは言わないが、血の流れの者とも、ほんとうのところはまず正体不明に近い。親兄弟はこれこれ、家柄はかくかく、一家出身の地はどこそこ、親（ちか）い死者はだれかれ、とその程度のことではなかなか、素姓はそれで一応踏まえたとしても、愛撫の最中にも間遠に反復される、なにがなしけうとい、日頃の本人にも似つかぬ、目つき眉つきひとつの、由来の探りようもない。（中略）

　じつは不倶戴天の間なのかもしれない。血を流しあった、その血をそれぞれに引いた。此処で会ったが、肌を合わせたが百年目の。

　そんなたいそうな昔まで、ありもせぬ系図をたどらずとも、ほんの二代ばかりの前の、世にありきたりの浮き沈み、それぞれ独特な、あらわな体質を持った家と家が争ったあげくに、一方が他方を追いつめて、叩きのめすかたちになり、没落した側の家財が大道に投げられた、日のあるうちは表を歩けぬ辱かしめを家の女の身に受けた、（中略）

　或る体質の臭いを、本人は忘れていても、あるいは記憶以前のことでも、肌は受け継いで覚えている。人中にあって偶然、見も知らぬ人間として近寄られただけでも、

身をそむける。腰は逃げながら、目は濃い光を溜めて、すれ違う瞬間、眺めやる。（中略）

　同じ臭いが、密室の薄暗がりの中で、間近から覆いかぶさる。同じ肌を、ざらついたこの肌に、いっそ自分から引き寄せる。目をつぶると、安心して物を食べる唇が見える。人を抱く、幼児の口もとまでが、よそに浮ぶ。嫌悪の中へそろそろと身を漬して、これが馴染むということか、幾度でも馴れずに繰り返される、と頭の隅でしらじら得心する。その嫌悪が、何も知らぬ相手を迎えて、無残な媚態を取っているのも、ありありと見える。

　肌がざわめいて、その苦しさから、ときたま夢の中で触れておぞけだつ人の肌よりも、いっそう知らない肌へ寄り添っていく。どこかでわずかに、そむけながら。そのそむけどころからまた、慄えが湧きあがって、肌を追いこんで、全身が恥もなげにうねりはじめ、それを逃げて、つぶった目の内に集まるものがある。深くなり、飽和して、満ち足りたような、怨みに静まる。唇は人をはずれて宙へあずけられる。やがて、遠くを眺める、目をつぶったきり眉で眺める。高いところに、女のからだが架けられている。たった一人のはずの悶えを敵方の目に晒された屈辱から、それでも人の安堵を訝る笑みの影が口もとに滴る。（中略）

　男の腕の中で、女の顔が変貌する。眉がほどけて、暗

い箱の底に蔵められた面が、浮き立ちながら遠のく。わずかの間のことで、男のからだの怯えに感応して、女はまた眉を寄せて男の背に縋る。（中略）

　一段と熱心に女を抱きながら、まだ眺めている。責められる女の顔を両の腕にゆるく庇い取って訝り見まもるこの目と、離れたところから、目の分身か、失せた面を女の顔に探るでもなく、物にふと惹かれて視線を遣りその上に焦点を結びきるその寸前の、実際に物を見つめるよりも迫った目つきだ。（中略）

　人中を行く。怪しげな目つきでもない。大勢の人間が往来する。無数の目がそれぞれ濃い光を溜めてひしめいている。恐ろしいはずのことではないか、と長閑につぶやいて、自分の目をゆっくりつぶり、剥いてみる。……人の目の内に刻々、赤い力が詰まっていく。（中略）

　周囲へ張りもなげな男が来かかり、急になまなましい目をあげて、脇の店の看板を眺めやり、用もないらしく、どんよりとした顔つきで通り過ぎた。（中略）ガラス張りのレストランの中で、……物を眺めながら喰っている。おのずと集中する視線の力に、物ではなくて、目のほうがすくむことはないのか。ひたむきに眺める目を端から眺める、その目をまた端から眺める、その戦慄の反復の延長線上の果てに、恐怖が極まって、木に架けられて目を落とす姿はないか。もはや何も見ないその眉が逆の道

をたどってはるばると、昏冥の気を人の心に送り越す。（中略）

　誰も見ていない室の中で男がひとり、さらりさらりと、書類を繰っている。手がぴたりと止まり、斜めから注がれる目が、光を一箇所に集める。傍らにもう一部の書類が開かれ、免れて息を凝らしている。（中略）

　誰も見ていない室の中で女がひとり、簞笥の抽斗の内をのぞいている。十年二十年来のことのように、思案している。ひとつの衣裳に目が注がれるあいだ、ほかの衣裳たちは張りつめて待つ。（中略）

　ふたつの室がいつかひとつに重なり、男と女が一人居の背を向けあって、おのおの手もとに憑かれた目を注いで仕事に没頭している。（中略）

　そのうちに、両者の目が同時に手もとからあがり、心もとなげな弧を宙に長く描いて、視線がひとすじに繋がる。（中略）

　高架線の駅に、長い台上に送られて勢揃いしたような、人の影がずらりと並んだ。その前へ幾重にも立ちはだかる高層の建物の、瓦解を先取りして、遠くから何の遮蔽もなく眺められた。到着が遅れている。（中略）

それにつれて、不乱に睨む衆の内にも、昏冥の気が差
してくる。同じ昏冥が年来、雨を降らせ、草木を育て、
穀物を稔らせ、女たちの胎をも和らげたのが、いまでは
老若男女を亡びに委ね渡す。（中略）

　目をつぶりつづけるよう、悶えをやすらかに、地に添っ
てひろげるよう。
　女が目をひらいた。
　――待って、このまま。（中略）

という一連の流れは、たとえば、

《　　　　　　目というものがあるのに、男と女がよ
　　　　　　　くもこう、……
　　　〔　　　肌がざわめいて、その苦しさから、
　　　　　　　……
　　　〔　　　男の腕の中で、女の顔が変貌する。
　　　〔　　　人中を行く。怪しげな目つきでもない。
（以下略）

と並列に（「目というものが……」という書き出しも並
列としてもいい）みなしても、あるいは、

《　　　　　　目というものがあるのに、男と女がよ
　　　　　　　くもこう、……
　　〔　　　　肌がざわめいて、その苦しさから、

> ……
> [　　　男の腕の中で、女の顔が変貌する。
> 　〈 　　　人中を行く。怪しげな目つきでもない。
> 　　（ 　　　誰も見ていない室の中で男がひとり、
> 　　　　　　さらりさらりと、
> （以下略）

　と、次々と前節に対する入子として語られているとみることもできる（入子の場合、前の節の喩となっている場合も考えられる）。

語りのモザイク模様

　つまりこの「目というものがあるのに」という語り以降は、作品全体に対して、またその細部もブロックに対して、相互にモザイクのように入り組んだ語りになっていると考えることができる。

　だが、それは意図的であると、考えるべきだ。前半まででもそうであったが、それ以上に、そういう位相の異なる表現が、どのパースペクティブなのか曖昧化されることで、共時性なのか経時的なのか暈され、"いつ"なのかもぼんやりし、語っている「私」も語られている「私」も区別をなくし、どこからがうつつのことで、どこからが夢のことなのかも並列に、どちらとも取れるように語られた全体も、うつつとも夢ともつかぬ茫洋とした雰囲気を語り出す。ちょうど夢を見つつ、夢に見られているのを、夢の中で見ているように。そのために、とりわけ後半は、"とき"

の曖昧な幻想の趣を呈していくのだ、と。

Ⅴ・語りの照り返し

見るものが見られるものに

ところで、死者の閉じられた目が、眉によって、逆に《見るもの》に変わるというイメージは、『杏子』の《見るもの（＝彼）》が《見られるもの（＝杏子）》を見ることを通して、自身を見ることにもなり、ついにはまた杏子に《見られるもの》にもなるという、男女の関係に重なる。

あるいは、「敵の女、味方の女」という言葉から、直接か間接か、男と女の、《見るもの》と《見られるもの》の距りを、いや、距離があるから見ようとする関係の由来を、次々と現前化してみせる。「目というものがあ」っても見えない齟齬の由来、を。その語りは、「目というものがある」のに、「男と女が……肌を馴染ませていられる」男女の、「一身の情念」ではない、「融け」ないもの、「降ろした瞼の裏に」差しているものが、次々と差異化されていく。そこに語りのテンポがうまれている。

　「お互いにどこの、馬の骨とまでは言わないが、血の流れの者とも、ほんとうのところはまず正体不明に近い」
　「素性はそれで一応踏まえたとしても、愛撫の最中にも間遠に反復される、なにがなしけうとい、日頃の本人にも似つかぬ、目つき眉つきひとつの、由来の探りようもない」

「不倶戴天の間なのかもしれない」
「血を流しあった、その血をそれぞれに引いた。此処
で会ったが、肌を合わせたが百年目の」

ここまでは、前述したように、確かに、語り手か語り手
に語られた「私」かの別はともかく、「私」の語りとなっ
ている。しかし、更に具体的に、

　ほんの二代ばかり前の、世にありきたりの浮き沈み、
それぞれ独特な、あらわな体質を持った家と家が争った
あげくに、一方が他方を追いつめて、叩きのめすかたち
になり、没落した側の家財が大道に投げられた、日のあ
るうちは表を歩けぬ辱かしめを家の女の身に受けた、世
をはかなんだ家人がいて多少の呪いの言葉を遺した、あ
るいは親の一生を台なしにした色恋の相手の、背つき腰
つき、後暗くて図太い姿を、幼少の頃に垣間見た……。

と語られて、いつの間にか視線が転じていく。「垣間見」
たと語られたとき、それは「私」ではない。つづく「或る
体質の臭いを、本人は忘れていても、あるいは記憶以前の
ことでも、肌は受け継いで覚えている」のも、「私」ではない、
「私」の語りが女性の語りを入子にしている。だから、

　……人中にあって偶然、見も知らぬ人間として近寄ら
れただけでも、身をそむける。腰は逃げながら、目は濃
い光を溜めて、すれ違う瞬間、眺めやる。

この「眺める」のも、「私」ではなく、女性の相手への視線であり、

　　……そんな臭いにつゆ気がついていない様子の、人柄はまんざら悪そうでもない、安閑とした醜さを。この一瞥で相手の目を、自身の醜さにたいして、昏ましてやると言わんばかりに。その臭いを知らずに、仔細らしく暮すがいい。その臭いをひろげて、物を食べるがいい、心優しく潤むがいい、人を抱くがいい、と。由来の知れない呪詛を。

同時に、その視線はその向こうに、

　　同じ臭いが、密室の薄暗がりの中で、間近から覆いかぶさる。同じ肌を、ざらついたこの肌に、いっそ自分から引き寄せる。目をつぶると、安心して物を食べる唇が見える。人を抱く、幼児の口もとまでが、よそに浮ぶ。嫌悪の中へそろそろと身を漬して、これが馴染むということか、幾度でも馴れずに繰り返される、と頭の隅でしらじら得心する。その嫌悪が、何も知らぬ相手を迎えて、無残な媚態を取っている……。

「のも、ありありと見」るのだ。「何も知らぬ相手を迎えて、無残な媚態を取っている」と、そこまでを見るのは、眉の視力をもつ女性にほかならない。前節で「私」の夢想の中で、その「私」をも眺める眉の目にほかならない。それこ

そが男女の離齟の由来まで見届けられる。そうでなくても、そこにあるのは、女はそのことに気づいていて、男は「何も知らぬ」ものであるらしい、両者の食い違いが語られている。

「私」のパースペクティブの羈絆を外れる

だとすれば、語り手の語りの入子とも、いや、巫女の眉を夢想した「夜中に、ひとりひそかに、⋯⋯舌の上にひろげた」「私」の語りの入子とも、いずれの視線とも見えながら、その実その視線に見えていないものまで語っていることになる。そうした視線を背後にだぶらせながら、この語りは、「私」のパースペクティブの羈絆を外れていく。

そして「ありありと見える」のは、「何も知らぬ相手を迎えて、無残な媚態を取っている」ことだけではない。つづく、

　　肌がざわめいて、その苦しさから、ときたま夢の中で触れておぞけだつ人の肌よりも、いっそう知らない肌へ寄り添っていく。どこかでわずかに、そむけながら。そのそむけどころからまた、慄えが湧きあがって、肌を追いこんで、全身が恥もなげにうねりはじめ、それを逃げて、つぶった目の内に集まるものがある。深くなり、飽和して、満ち足りたような、怨みに静まる。唇は人をはずれて宙へあずけられる。やがて、遠くを眺める、目をつぶったきり眉で眺める。

のもまた、「ありありと」見えている。その視線の向こ
うに、「眉で眺める」ものが更に顕われる。そして続いて、

　……高いところに、女のからだが架けられている。たっ
た一人のはずの悶えを敵方の目に晒された屈辱から、そ
れでも人の安堵を訐る笑みの影が口もとに滴る。もう何
も見ていない。見られていることも知らない。目の精気
を封じられたその眉がしかし、断末のなごりの引くにつ
れてきわやかに、艶いて浮きあがる。一方的に眺められ
ながら、眺める者たちの目の内に一方的に押し入り、夏
の日に冬の夜、長い時をかけて、心を昏ましていく。

とすれば、「眺める者たちの目の内に一方的に押し入」
る昏ます女が、語っている。つまり、

《　　　目というものがあるのに、……幼少の頃に垣
　　　　間見た……。
　〔　　　或る体質の臭いを、……眺めやる。
　　〈　　そんな臭いにつゆ気がついていない
　　〉　　……由来の知れない呪詛を。
　　〈　　同じ臭いが、密室の薄暗がり
　　〉　　無残な媚態を取っているのも、ありありと見
　　　　　える。
　　〈　　肌がざわめいて、……
　　〉　　目をつぶったきり眉で眺める。
　　　（　高いところに、女の……

）　心を昏ましていく。

（]）

（《》）

　と《　　》の語りが、前節の入子か同列かは別にして、
[　　]の中が、女の視点に転調し、女が自分が相手を昏
ませていくのを見ている。しかし、そうではなく、「あり
ありと見える」のは、「無残な媚態を取っている」のがで
あって、そこで入子となった語りは閉じ、それと同列に、「肌
がざわめいて……」という語りが、「目というものがある
のに」という語りの入子として、始まるとみることもできる。

《　　　　目というものがあるのに、……幼少の頃に垣
　　　　　間見た……。

　[　　　　或る体質の臭いを、……眺めやる。

　　〈　　　そんな臭いにつゆ気がついていない

　　〉　　……由来の知れない呪詛を。

　　〈　　　同じ臭いが、密室の薄暗がり

　　〉　　無残な媚態を取っている

　]　　　　のも、ありありと見える。

　[　　　　肌がざわめいて、……目をつぶったきり眉で
　　　　　　眺める。

　　〈　　　高いところに、女の……

　　〉　　　心を昏ましていく。

　（]）

（《》）

もちろん、もっと別の見方もできる。たとえば、「目と
いうものがあるのに」から「ありありと見える」が、前節
で語った女の眉、そもそも死者の眉の見るものだとしたら
どうするのか。語り手にしろ「夜中に、ひとりひそかに」
思い描いたにしろ、「私」の語りの入子となった、眉の視
力の見たものだとしたらどうなるか。「垣間見」たのも女
の視線であり、その入子となっているのも女の視線だ。「肌
がざわめいて」からも同じく一貫した女の語りとなる、と
いうように。

照り返しあう語りのパースペクティブ

　しかし、いずれにしたところで、語りのパースペクティ
ブが整序されているわけではないから、そのいずれをもだ
ぶらせながら語られている。

　ともかく、現前する光景が、男の視点なのか、女の視点
なのか、パースペクティブが整序されていない分、各節も
一層紛らわしい語りとなる。たとえば、「肌がざわめいて、」
以降は、男女の絡みなのに、たとえば、

　　　[　　　肌がざわめいて、……
　　　　　　目をつぶったきり眉で眺める。
　　　〈　　高いところに、女の……
　　　　〉　心を昏ましていく。
　　(])

　をとっても、「肌がざわめいて、……眉で眺める」が男

の視点か女の視点なのか、あるいはその語りがいずれにしろ、その入子となっている「高いところに、女の……心を昏ましていく」は、どっちの視点からの語りなのか、それがどの視点から語られているかだけでなく、男女いずれの語りを入子にしているかすら、曖昧になっていて、抱かれている女のパースペクティブなのか、抱いている男のパースペクティブなのかは不確かなものになっていく。

　いや、そう見れば、「私」の語りに欺かれて、うかうかと前提にしたが、前節の「私」の夢想の中で、「額をまた土に埋めて、両手に草の根を握りしめ」て敵の太鼓を聞いていたのは、「私」自身だったのか、あるいは当方の巫女に成った視点だったのか覚束ない。そのパースペクティブが、誰のものなのか薄闇に紛れているために、《見るもの》も《見られるもの》も、どちらがどちらと一方的に確定しえなくなっているということにほかならない。

　「高いところに、……心を昏ましていく」の語りのパースペクティブが、男のものであるなら、「眉で眺める」女の背後に、究極の《見るもの》である「架けられた女」を幻視している、いや見られているのを幻視している。その眉に昏まされているのは男だ。だから、「高いところに、女のからだが架けられている」以下は、男のパースペクティブが入子にしたパースペクティブということになる。

　またこの語りが女のパースペクティブであるなら、「眉で眺める」自分のパースペクティブの向こうに、どこまでも男を見返す女の眉の呪力の幻を見ていることになる。それは、昏ます女の呪力の行方を見届ける視線になる。とす

れば、女の語りの中に、女自身が思い描く自身の眉の呪力を幻視していることになる。

　いずれにしても、男はすでに、女の目を閉じた眉の向こうに、架けられたまま、見つめ返す眉の女を見ている。それは見ている自分が見られているということに等しい。昏ます女の眉を見ることで眉に昏まされ、その眉に"成って"昏まされた男を見、その男に"成って"昏ます女の眉を見ることで昏まされている。その視点の目まぐるしい転換が、《見るもの》と《見られるもの》である男と女の関係そのものでもある。

入子の入子のパースペクティブ

　そう見れば、つづく「男の腕の中で、女の顔が変貌する」という語りは、「肌がざわめいて……」と同位相ではなく、「心を昏ましていく」果てに見えた、昏まされた男が見たのか、昏ます女が見たのか、どっちが見たのかはないまぜの、もうひとつの入子の語りとも見なせる。そしてそこに、

　　……眉がほどけて、暗い箱の底に蔵められた面が、浮き立ちながら遠のく。

　と見えた幻は、女のその一瞬に、"いま"から遠のいていく恍惚の隠喩と見ても、昏まされた男の期待、いや女の願望、いずれの見たものともいえず、昏ます、昏まされたそれぞれの、さらに入子となったパースペクティブとみるべきなのかもしれない。

　……わずかの間のことで、男のからだの怯えに感応して、女はまた眉を寄せて男の背に縋る。あらためて肌を馴染ませて息を吐くその顔には、額の曠（ひろ）さのほかに、いましがたの面の、影もない。しかし怯えの走る直前に箱の底をぬっとのぞきこんで、もうひとつ深く見入ろうとした、目のほうが男の興奮の、はずれあたりに、過ぎずに掛かった。

　だから、「わずかの間のこと」なのは、男の幻視の時間なのか、女の視覚の時間なのかは、茫洋としている。しかし、男が、その束の間を再現しようとしてもついに二度と見ることのできない瞬時は、うつつには見られないものをあえてもう一度見たい願望の目となって、背後に掛かっているとみなすよりは、そういう男の願望を、「はずれあたりに」掛かっている儚い願望も含めて、俯瞰するように、冷やかに見ている女のパースペクティブと見るべきなのかもしれない。

うつつと夢の狭間のパースペクティブ

　ともかく、そのいずれのパースペクティブとも見え、どちらにしても、うつつからいつのまにか滑り込んだ、うつつと夢の狭間に、「私」の語りの入子となった語りが、いまその両者のパースペクティブを拮抗させるように現前させている、とみなすことができる。

　　一段と熱心に女を抱きながら、まだ眺めている。責め

られる女の顔を両の腕にゆるく庇い取って訝り見まもる
この目と、離れたところから、目の分身か、失せた面を
女の顔に探るでもなく、物にふと惹かれて視線を遣りそ
の上に焦点を結びきるその寸前の、実際に物を見つめる
よりも迫った目つきだ。しかも見ていない。視線が射し
出しかけては押し返される。まるで物陰からうかがいか
けて、その瞬間の我が目の強さに、自縛されたように。
それでも、なにげなく振り向いてじわっと惹かれる時の、
苦しげな眉は留めている。そのままやがて立ちあがり、
戸外へ出て行ったようだ。窓の下で女のけたたましく笑
う声がしていた。

「責められる女の顔を両の腕にゆるく庇い取って訝り見
まもるこの目」と「目の分身」とは、視力の射程の長さに
ほかならない。うつつの女を見守る目と、昏ます女を見遣
る目との。いやそういう男の視線の射程を見届けている女
の視線でもありうる。いずれのパースペクティブからもか
く見えるうつつと幻の狭間の、両者の互いにないまぜと
なったパースペクティブと見ることができる。
　男が、「失せた面を女の顔に探るでもなく、物にふと惹
かれて視線を遣りその上に焦点を結びきるその寸前の、実
際に物を見つめるよりも迫った目つき」をしていたとすれ
ば、それはすでに昏まされた目だ。その失った一瞬の面差
しを、諦めきれず期待する目だ。その目が、

　　……そのままやがて立ちあがり、戸外へ出て行ったよ

162

うだ。窓の下で女のけたたましく笑う声がしていた。

　と、女が立ち去っていく幻を見る。その一瞬で、男のパースペクティブは女のそれを入子にして滑り込んでいく。「そのまま」とは、「苦しげな眉は留め」たまま、女が立ち去っていく気配に耳を澄ましている。「そのまま……」の一節を転換軸として、ふいに男のパースペクティブから、女のパースペクティブへと転換する。

　だが、女のパースペクティブで見れば、逆に、「苦しげな眉は留め」たまま、すっと立ち去りながら、男が耳を澄ましているのを思い遣っていることになる。そのパースペクティブでみれば、転換なしに次へつづく。

　　人中を行く。怪しげな目つきでもない。大勢の人間が
　　往来する。無数の目がそれぞれ濃い光を溜てひしめいて
　　いる。（中略）ガラス張りのレストランの中で、満席に
　　近い客たちがうつむきこんで物を喰っている。物を眺め
　　ながら喰っている。おのずと集中する視線の力に、物で
　　はなくて、目のほうがすくむことはないのか。ひたむき
　　に眺める目を端から眺める、その目をまた端から眺める、
　　その戦慄の反復の延長線上の果てに、恐怖が極まって、
　　木に架けられて目を落す姿はないか。もはや何も見ない
　　その眉が逆の道をたどってはるばると、昏冥の気を人の
　　心に送り越す。男の腕の中で、女は目をつぶり、眉を浮
　　べている。その瞼がちらちらと、いまにも黒雲が赤く割
　　れるような、顫えをふくませる。

いずれにしても、ここでは、男の、「責められる女の顔」を見まもる目を、「物にふと惹かれて視線を遣りその上に焦点を結びきるその寸前の、実際に物を見つめるよりも迫った目つき」で、「離れたところから」見る、その視線の射程を、比喩のように、別のパースペクティブで語ってみせているのにほかならない。

　「おのずと集中する視線の力に、物ではなくて、目のほうがすくむ」眼差しを、まさに「離れたところから、目の分身」となって、「ひたむきに眺める目を端から眺める」その目をまた端から眺める。その見るものとしての眼差しの極北は、件の「架けられた女」の眉にほかならない。この、

　　……男の腕の中で、女は目をつぶり、眉を浮べている。その瞼がちらちらと、いまにも黒雲が赤く割れるような、顫えをふくませる。

　が、一つ前の段落の、

　　一段と熱心に女を抱きながら、まだ眺めている。

という視線に照応しているのか、あるいは、あくまで、その前の、

　　……昏冥の気を人の心に送り越す。

という視線に対応した喩なのかは、どっちともとれるよ

うになっているけれども、これが女の視線か男の視線かは決め付けられない重層化した語りとなっており、いずれがいずれの目を「離れたところから」見る目となるにしても、「物を見つめるよりも迫った目つき」を見る目を見る目の果てから、「逆の道をたど」ることのできる眉に突き当たり、その目が見返される。その眉の「昏冥の気を人の心に送り越す」視線をもっているのは女の視線なのであり、昏まされるのは男なのだということを語っている。

　　……男の腕の中で、女は目をつぶり、眉を浮べている。その瞼がちらちらと、いまにも黒雲が赤く割れるような顫えをふくませる。

　は、一見男の視線のように見えて、「木に架けられて目を落す姿」を幻視する男の見る視線に見られている視線が見せているものかもしれないのである。

見る目と見返す目

　物を眺めるのを見る目、それをまた見る目とは、行き着く果ては、すべてに見られながら、そのすべてを押し返す、永遠に見返す者、「木に架けられた」眉にほかならない。いくら男が「実際に物を見つめるよりも迫った目つき」で眺めても、昏ませる女の目に突き当たるほかない。

　だから、その「女の顔が変貌する」のを見守る男の眼差しの行方を見届けた語りの行き着くのは、すでに昏ます女の眉の目、つまり「黒雲が赤く割れる」顫えにほかならない。

《　　　　　　男の腕の中で、女の顔が……
　　　　　　　苦しげな眉は留めている。
　　［　　　　そのままやがて立ち上がり、
　　］　　　　けたたましく笑う声がしていた。
　　　（　　　人中を行く。怪しげな目つきでもない。
　　　）　　　昏冥の気を人の心に送り越す。
　》　　　　　男の腕の中で、……顫えをふくませる。

　とみると、はるばると反復し辿った視線の果てに見た眉
は、いま目を閉じた女の眉に重なる。送り返された昏冥は、
そこから男を昏ませる。目を閉じた眉の呪力が、女に俯瞰
する目を与えている。外界に閉ざされた視力こそが、うつ
つではなく見るべきものを見させる。見ているはずの男は、
ついにその、「木に架けられて目を落す姿」から見返され
つづける。その呪力は、《見るもの》を見返しつづけ、《見
られるもの》にしていく。その呪力が送り返されつづける。
ついに、男はその呪力から逃れることはできない。

　　……その瞼がちらちらと、いまにも黒雲が赤く割れる
　ような、顫えをふくませる。

　とみえた女の瞼は、

　　……目はひたすら内へ澄んで、眉にほのかな、表情が
　ある。何事か、忌まわしい行為を待っている。憎みなが
　ら促している。女人の眉だ。

とあった、「雲の中の目」でもある。雲に目を見たとき、既に女の目に捉えられているに等しい、とここまできてはっきりしてくる。そして雲の目が見返したものとして、男女の会話が入子とされたように、女の瞼は、同じように男女の会話に似た行き違いを入子とし、恐らく「雲の中の目」というものが孕んでいただろうイメージの原形質にふれる。

[　　　男の腕の中で、……黒雲が赤く割れるような、顫えをふくませる。

〈　　　誰も見ていない室の中で……

〉　　　黒い塊……の底から……赤のまさる色がゆらめきはじめる。

（　　　高架線の駅に、長い台上に送られて

）　　　地に添ってひろげるよう。
女が目をひらいた。

（]）

この［　］、〈　〉、（　）という節は、「男の腕の中で……」で始まる語りが折り重なるように、まず、お互いの視線の果てに、まるで「昏冥の気」を送り届けるような女の閉じた瞼に、雲の目を感じるところへ行き着く男女の眼差しから、

誰も見ていない室の中で男がひとり、さらりさらりと、書類を繰っている。手がぴたりと止まり、斜めから注が

れる目が、光を一箇所に集める。傍らにもう一部の書類
が開かれ、免れて息を凝らしている。（中略）

　誰も見ていない室の中で女がひとり、箪笥の抽斗の内
をのぞいている。十年二十年来のことのように、思案し
ている。ひとつの衣裳に目が注がれるあいだ、ほかの衣
裳たちは張りつめて待つ。（中略）

　ふたつの室がいつかひとつに重なり、男と女が一人居
の背を向けあって、おのおの手もとに憑かれた目を注い
で仕事に没頭している。（中略）

　そのうちに、両者の目が同時に手もとからあがり、心
もとなげな弧を宙に長く描いて、視線がひとすじに繋が
る。（中略）

というような、男女の行き違いそのものの比喩のような
語りを入子とし、その二人の、離れ離れなのにひとすじに
つながったように互いの気配に耳を澄ませていた、トイレ
での夢想の中の巫女との関係のように、「闇よりもひとつ
黒い塊が湧き立って、……その底から紫の、次第に赤のま
さる色がゆらめ」くのを眺めさせる。その雲の、「すでに
赤く染まった黒雲が立ち昇り、味方の上空に覆いかぶさり、
悶える雲の中心から、恥辱の艶いた眉」が、「何者かの来
襲をやや間近に感じ取った」群れの目のような高架線の駅
の人影の視線を背後から「見おろしている」。

視力の背後に入子になっているもの

　それは、女の瞼の視力の背後に、巫女として集団を支配する呪力のもたらすものを、入子として示しているに等しい。「男の腕の中で、女の顔が変貌する……瞼がちらちらと、いまにも黒雲が赤く割れるような、顫えをふくませる」。その顫えは、次の男女が「無言のうちに誘いあ」ってみる方角に見た、「黒い塊が湧き立って、……その底から紫の、次第に赤のまさる色がゆらめきはじめる」に重なり、それが、昏まされた「衆」の眼差しを背後から、「すでに赤く染まった黒雲が立ち昇り、……悶える雲の渦の中心から」、見おろしている「艶いた眉」にだぶる。瞼の背後に見えるものが、入子になっている。

　それにつれて、不乱に睨む衆の内にも、昏冥の気が差してくる。同じ昏冥が年来、雨を降らせ、草木を育て、穀物を稔らせ、女たちの胎をも和らげたのが、いまでは老若男女を亡びに委ね渡す。恐怖に飽和した者たちの血を疼かせ、さらに深い昏冥をみずから求めて、麓の林の中にうずくまり敵の寄せる、味方の睨む、両者の熱狂を一身に感じ受けて静かに悶える女を、恐怖の祭りに架けさせる。老成した男たちの、穏やかに皺ばんだ<ruby>勁<rt>つよ</rt></ruby>い手が、うなだれる女を庇って陵の上へ導き、天に地におごそかな礼を尽し、おののく女体の、縛めどころをやさしく、荒い蔓で幾重にも巻きあげる。目をつぶるよう、雲となり雨となり草木となり、地に平らかな、母胎となるよう、蒼ざめた耳もとへ祝福をささやき。

目をつぶりつづけるよう、悶えをやすらかに、地に添ってひろげるよう。

こんな呪力を、女の瞼に見た、いや、見させられた。それが「離れたところから」「実際に物を見つめるより迫った目つき」の行き着いた果てということになる。その昏まされた目に、あるいは昏ます眉が、ご託宣を告げるように、「女が目をひら」く。

Ⅵ・語りの射程

つながる視線

男と女のパースペクティブがないまぜになった語りが入子としている、男女の会話に似た、男女の視力の齟齬は、女の眉と見つめ合う男の眼差しの差を彷彿とさせる。

男の視線は、物に焦点を合わせた、所詮鋭い知覚にすぎない。そこに凶悪の色が差そうと、《見られるもの》を脅かしても、それに共振れすることはなく、ひたすら見たいものをみようとするだけだ。それが自身を傷つけるものとして返って来るかもしれないことに気づかない。

誰も見ていない室の中で男がひとり、さらりさらりと、書類を繰っている。手がぴたりと止まり、斜めから注がれる目が、光を一箇所に集める。傍らにもう一部の書類が開かれ、免れて息を凝らしている。と、同じ光がすっとその上に移される。その間際に、凶悪の色が差す。

　だが、女の目は、同じくきりきりと張り詰めた眼差しで、《見られるもの》を強張らせても、その《見られるもの》の強張る視線を感じ取る。その一瞬《見られるもの》となり、「追いつめられた目」となって、返って《見るもの》としての強さを炙り出してくる。それは、「物から物へ粘」る、眉の視線にほかならない。

　誰も見ていない室の中で女がひとり、箪笥の抽斗の内をのぞいている。十年二十年来のことのように、思案している。ひとつの衣裳に目が注がれるあいだ、ほかの衣裳たちは張りつめて待つ。視線が移ると、見られた衣裳はすくみ、ほかの衣裳たちはざわめいて、喘ぎかけた息をまた呑む。やがて女は動かなくなり、どの物を見るともなく、首すじから肩へ背へ、今の時も知らぬ放心がひろがり、物たちはひそかに息を抜くうちに、ふいに背後から呼ばれたように、追いつめられた目が箪笥の前から振り返り、何事もない室の内を隅々まで、濃い訝りをこめて物から物へ粘りつつ見渡す。

　だが、にも拘らず、その両者は見つめ合う。

　ふたつの室がいつかひとつに重なり、男と女が一人居の背を向けあって、おのおの手もとに憑かれた目を注いで仕事に没頭している。手は止めずに、ときどきその中から、独り言が洩れる。相手は顔をなかばまでも向けず、空耳に眉をひそめて、いっそう深く、目の光を濃くして

仕事の上にうつむきこみながら、しばらくして、先の声
への答えのような、独り言をつぶやく。そのつど、室の
内の空気は固唾を呑んで淀み、両者の声がたまたま前後
して立ち、言葉が交差すると、さわさわと慄える。

という微妙な交差を経て、

　そのうちに、両者の目が同時に手もとからあがり、心
もとなげな弧を宙に長く描いて、視線がひとすじに繋が
る。あまりにも不意に、あまりにも間近から顔と顔が出
会ったので、声も出ず表情も動かず、それぞれ物を見つ
めていた時の目で、そこにはいない相手を眺めあう。遠
くへ抜けるはずの視線が、見えない肉体、その肌触りと
においに受け止められて、顫えとなって返ってくる。そ
らおそろしい、と地を覆う不吉な予兆の噂でも交わすさ
さやきが部屋の内を走る。と、両者の目が、無言のうち
に誘いあったふうに窓の外へ揃って向けられ、（中略）

と、洩れた独り言に、「先の声への答えのような、独り言」
によって、件の男女の会話のように、あるいは、

　—虹、空に掛かる、あれを朝方に見たことはないか。
　—さて、朝焼けのひどいのなら。人を起そうかと思っ
たほどでしたけど、この世の終りではあるまいし。

とはじまる、男女の会話とも重なり、「背を向けあっ」

た「遠くへ抜けるはずの視線」が、不思議と噛み合う。「ひとすじに繋が」った視線は、それぞれ別々に、雲の眉を望む。それぞれ別々のところから、それぞれ別の思惑から、眉を見ている。

通底する往古のイメージ

これは、

[　　　　人中を行く。怪しげな目つきでもない。
　　　　　……男の腕の中で、……顫えをふくませる。
　（　　　誰も見ていない室の中で男がひとり、さらりさらりと、
　　）　　目をつぶりつづけるよう、悶えをやすらかに、地に添ってひろげるよう。
　（]）

と、[　]の入子となっているとみると、はっきりする。つまり視線の射程を、言い換えているにすぎない。

　……両者の目が、無言のうちに誘いあったふうに窓の外へ揃って向けられ、高いところに在るらしく、室は同様な眺望へ開いたまま互いにまた遠くへ離れ、ひとりひとり相手の今も知らず、ひとつの方角を望むうちに、眉間がいかめしげになり、夜の更けた家々のひろがりの果てから、乱雲の興（おこ）りに紛らわしい、闇よりもひとつ黒い塊が湧き立って、みるみる上空に押しあげ、その底から

紫の、次第に赤のまさる色がゆらめきはじめる。

　つまり、「物を見つめる」目と、それをそれ以上に「迫った目つき」で見る目と、さらにそれを見る目と、その果てで突き当たり、それに見つめられるのは眉、つまりは雲の目にほかならない。その眉から見返す視野に、往古の巫女の呪力に唇まされた「衆」の熱狂が見える。通底音のように、太鼓の音が聞こえてくる。責め立てられて太鼓を打つ女がほの見える。祈りが聞こえる。まさに、つづく、

　　高架線の駅に、長い台上に送られて勢揃いしたような、人の影がずらりと並んだ。その前へ幾重にも立ちはだかる高層の建物の、瓦解を先取りして、遠くから何の遮蔽もなく眺められた。到着が遅れている。ものの十分も狂えば、待つ者たちの心に、時間の流れが小刻みになり、刻々の内が際限もなくひろがる。到着の方角に凝らしていた目が、外へ解かれずに内へ差しこむいらだちに堪えかねて、順々に街のほうへ向いて眺めやる。そのおびただしい視線が徐々に同じ方向へ束ねられ、全体としておもむろに睨む。何物かの来襲をやや間近に感じ取った、ひとつの群れの目となる。

　は、「両者の目が、無言のうちに誘いあったふうに窓の外へ揃って向けられ」た先とも、あるいはその喩とも見え、その列車遅延で膨れたホームの人々の視線が、転じて、

　……厄災の到達をぎりぎりまで、見ることの恐怖、見る側の恐怖の力によって押し留め、その猶予の間に、寄せる敵勢の源にあるはずの、攻めの恐怖を鼓舞する熱狂に、なろうことなら、ひとすじの太い視線の針を立てる。それを頼みに睨むその背後ではしかし、すでに赤く染まった黒雲が立ち昇り、味方の上空に覆いかぶさり、悶える雲の渦の中心から、恥辱の外へ艶いた眉が見おろしている。

と、トイレの中で見た夢想の往古と重なって、

　それにつれて、不乱に睨む衆の内にも、昏冥の気が差してくる。同じ昏冥が年来、雨を降らせ、草木を育て、穀物を稔らせ、女たちの胎をも和らげたのが、いまでは老若男女を亡びに委ね渡す。恐怖に飽和した者たちの血を疼かせ、さらに深い昏冥をみずから求めて、麓の林の中にうずくまり敵の寄せる、味方の睨む、両者の熱狂を一身に感じ受けて静かに悶える女を、恐怖の祭に架けさせる。

いつのまに、敵と相対していた林の中へ入り込み、

　老成した男たちの、穏やかに皺ばんだ勁い手が、うなだれる女を庇って陵の上へ導き、天に地におごそかな礼を尽し、おののく女体の、縛めどころをやさしく、荒い蔓で幾重にも巻きあげる。目をつぶるよう、雲となり雨

となり草木となり、地に平らかな、母胎となるよう、蒼ざめた耳もとへ祝福をささやき。

目をつぶりつづけるよう、悶えをやすらかに、地に添ってひろげるよう。

女が目をひらいた。

——待って、このまま。

と、見つめていたはずが、見返され、再び、男女の情交場面へと重ねられていく。

パースペクティブを転換していく語りのテンポ

この、往古を二重写しにしながら、パースペクティブを転換していく語りのスピードは早い。入子を差異化しながら、どこから男から女のパースペクティブに転ずるのか、あるいはいつから逆転したのかは、明確ではない。その閾を越えてまた戻る境界線は滲み、暈し合い、ただ往古の眉を底から炙り出しながら、《見るもの》と《見られるもの》の転換を、繰り返し現前してみせる。そしてふいに転換し、

女が目をひらいた。

——待って、このまま。

そうつぶやいて、膝に力をこめ男の動きを封じ、こころもち反って下腹を深く押しつけ、腕はゆるめて片手の指先で男の右肩のうしろをさらに戒めながら、それと反対の側へわずかに傾けてゆるく見ひらいた目に、遠くへ心を遣る翳がかかり、眉がほどけて、脇腹から膝の内か

ら細かい波が走った。

これは、当然、前の、

[　　　　男の腕の中で、……黒雲が赤く割れるような、
　　　　顫えをふくませる。
　〈　　誰も見ていない室の中で……
　〉　　黒い塊り……の底から……赤のまさる色がゆ
　　　　らめきはじめる。
　　（　　高架線の駅に、長い台上に送られて
　　）　　地に添ってひろげるよう。
　　　　女が目をひらいた。
(]）

と、「男の腕の中で、……顫をふくませる。」を受けている。
　男が見ているのは、むろん女の生理的な反応だけではな
い。書類を見る目だけではない。それを「離れたところか
ら」見る目ももっている。「今までにも幾度か、同じ静止
が挿まった。そのつどあらたに、昔、家の内の、人の耳を
憚って片隅へ急いで身を横たえあった、そんなありもせぬ
暗い部屋の、黴と息のにおいまで思い出させる反復感が降
りてくる」のを感じている。しかしそこまでだ。僅かに女
の口走る言葉の端々から、渺と伺い知れるだけだ。女の目
に映っているらしいパースペクティブの端々が、僅かに窺
えるだけだ。

……ある時は、人が来てます、とそらおそろしげにつぶやいて芯のたじろがぬ、それと同じ声音で、辛夷《こぶし》が咲いている、と女は目をひらいた。枯れた谷の、向う岸の高いところにいっぱい咲いている、恐いほどたくさんあるけれど、だけど林じゃない、と言った。一本ずつ、山の奥でひとりきり、誰にも見られないで、咲き狂っている、ひとりきり、誰にも聞かせない唄をうたっている、と言った。白い蝶が枝から舞いかけては風にちぎられそうになって止まる、止まっては舞いかける、唄う声が細く高くあがるにつれて数がふえていく、魂をしっかりここにつないでいないと、谷の空へ一斉に舞いあがる、と言った。睦言ではなかった。人が大勢、死んだ、皆、もういない、と太いような声で言って目をつぶり、眉間に険を寄せて見も知らぬ顔になり、背を羽交いに締めた。死ねば済むじゃありませんか、と遠い声が耳の奥で流れた。

　男は、女との関係以上遠くへ視線が届かない。女は、しかし、ここに、「どこの馬の骨」と語ってきた男女の由来の違いをすら見ている。眉がそこまで見届けている。

女の見ているもの・男の見ているもの
　男女の視線が届いている先の違いが、喩のように続けて語られていく。たとえば、

　　細かい雨が降り出した、とある時は膝の力をゆるめ

た。さわさわと林が鳴って、でも雨なのかしら、空が白みかけている。さわさわと、枝という枝が、芽吹いていく。泣いているわ、誰なの。泣き声につれて、芽吹きが、降ってくる。萌黄色の穂もいっぱいに垂れている。あれは花なのよ。立ち止まる人もいないけれど、林じゅう、花盛りなの。花と芽吹きが一緒に来たの。百年も遅れたの。誰かが目を見はりっぱなしにしていたので。それがいまようやくつぶって、泣いているんだわ。声も立たなくなった叫びを、どこかで聞いてもらったので。

と、つぶやく女の視線と、

　睦言に似ていた。ところがやわらかに抱きしめようとすると、胸をあずけて、頭は沈みこみ、瞼が腫れて眉は男のように太く、口もとを綻ばせて、異様な昏睡の面相に変り、背中へ回した両の腕に、太い重みが掛かった。首を後へ垂れて引きずりあげられるかたちから、喉を詰めた、寝息が立ちはじめた。

と見る男の視線との差異は、次第に露わになっていく。

　遠くへそむけて、耳をおもむろに澄ます唇がぼってりと、あの時の瞼と同じにふくらんで、睡たげにつぶりかけた目がしかし、ふいにきっと見ひらきなおして男の顔にまともに向かい、光がゆらめいて、浮きかけた足を踏んばって膝をすくめながら、男の肘のあたりをつかんだ。

—腰を抱いて。押えて、両手で、早く。

視線のずれと心象の齟齬
　その微妙な男女の心象のずれは、

　　［　　　—虹、空に掛かる、あれを朝方に見たことはな
　　　　いか。
　　］　　……やっぱり、雨になるのかね、と。知りませんよ。

という語りに顕われた会話の行き違いと似ている。その
齟齬が、

　　　—来たわ、放さないで。
　　膝のわななきも止んで、胎の奥からさわさわと、細い
　声がさざめいた。それを追って女の背の真下から、地の
　うねりが突きあげ、剥き出しの鉄骨の音が建物中に軋み
　わたり、からんからんと、鉄索の振れて壁を打つ音が建
　物から建物へ響きかわした。揺りもどしが来て、あちこ
　ちで女の短い悲鳴に男の唸りが覆いかぶさり、車の警笛
　がしばらく躁いで、鯨波に似たざわめきが遠くへひろ
　がって地平に紛れた。

という最後の語りに如実に顕われている。件の「反復」
しか見ない男の向こうに、女は大地の気配を感じ分けてい
る。それは、「雲となり、雨となり草木となり、地に平ら
かな母胎」となるよう目を閉じている、とする前節に反響

するだけでなく、冒頭の「この夜、凶なきか。日の暮れに鳥の叫ぶ、数声骸きあり」の反響を聞き分けられるし、この呟きの実現をみることができる。あるいは「この夜、」と呟いていたのは「私」だが、その意味の先を見ていたのは、女なのだともみえる。

　　やがて揺れがおさまると、女は衺にうつむけに返り、添って腹這いになった男の腕を肩越しに乳房へまわさせて、男の胸の下に背をひそませ、肌が一変して熱く、乱れた枕に顔を埋め、畳を見つめて、
　　──虹が出ているような、静かさですね。
　　腰をまた寄せながら、改まった声でたずねた。

　女の「虹が出ているような、静かさですね」は、一巡して、「虹」を見たことはないか、と問う男への回答のように聞こえてくる。もし地震がなければ、「虹……」は男からは、女の睦言に似た反復に聞こえただけだ。女は、男女の由来を、無意識に背負った往古以来の呪力を見ている。
　「私」は語りながら、「眉」に象徴される相手の目に見通されている。語ったおのれを見返す眉の視線に語られているのを語っている。暈されている視線の射程は、ここまで届いているという気がしてならない。

閉じられない作品空間
　もう一つ気になるのは、、普通の文学作品と比較してみると、この間の作品空間は、

[　　　　　男の腕の中で、……黒雲が赤く割れるような、
　　　　　顫えをふくませる。
　〈　　　誰も見ていない室の中で……
　　〉　　黒い塊り……の底から……赤のまさる色がゆ
　　　　　らめきはじめる。
　　（　　高架線の駅に、長い台上に送られて
　　）　　地に添ってひろげるよう。
　　　　　女が目をひらいた。

（]）

「女が目をひらいた」以降、視線の行き違いのような語
りが、入子になったり、喩となったりしながら、結局、こ
の「眉雨」という作品自体が、冒頭の

【
　《
　　[
　　〈　　この夜、凶_{とが}なきか。……
　　　〉　　……あやふきことあるか。
　　]　　独り言がほのかにも……漸次、狂うおそれ
　　　　　はある。

　　　　　そう戒めるのも大袈裟な話で、
　〈》）
】

と比較してみるとわかるように、

【
　《
　　[　　―虹が出ているような、静かさですね。
　　　　腰をまた寄せながら、改まった声でたずねた。
　　(】)
　　(》)
　(]）

と、しつらえた「作品空間」の入子の構造を、「私」の語りも、
「私」の空想も、その喩の世界も、閉じられないまま、つまり、
パースペクティブが収束されないままに終わっていく。

暈された視線の届いた先

　つまり、「眉雨」の語りには、「私」のパースペクティブ
と並列（併置）なのか、入子なのか曖昧のまま、全体のパー
スペクティブを整序する視点をもっていないのである。一
見「私」の語りでスタートしながら、誰の語りなのかが朧
気になっていく。とすれば、入子とは何に対しての入子な
のか、そのパースペクティブを収斂していく視点はどこな
のか、が見極めにくいのも当り前なのである。《語るもの》
と《語られるもの》の関係は、初めから暈されている。

　入子とは、ある視点からのパースペクティブが、別の視
点からのパースペクティブの点景となることにほかならな
い。

つまり、入子の語りは、その意味で共時的である。一義的に見える"そのとき"の向こうに、深い奥行を語ることである。だが、このとき「私」の視点が曖昧になるということは、それぞれの"そのとき"が収斂していく"とき"を失って、独立していくということにほかならない。

また入子とは、あるパースペクティブに対する差異化である。あるいは差異化とは、ちょうど「木曜日に」で、「私」の記憶のパースペクティブを女友達の記憶のパースペクティブに差し替えたように、あるパースペクティブに別のパースペクティブを見ることにほかならない。入子の視点が曖昧化した後に残るのは、入子関係において示されたパースペクティブ間の差異化の関係だけである。つまり、それは独立した"とき"が、お互いの語りを差異化しつつ、相互に差し替え可能なパースペクティブとして、継起的に並んでいくことになる。

ゼロ記号化された語りの並置

もちろん語るものがいないのではない。しかし、それぞれを語る「私」は、それを語っている"とき"にいるのか、語られている"とき"にいるのか。語りの視点は、入子になっても入子のパースペクティブに移動しているようにも、移動していないようにもみえる。"あのとき"の「私」の語りと"そのとき"の「私」の語りが、語る「私」の"いま"と併置しているのに、同時に暈のように、語る"いま"が二重写しになって透けてくる。入子が解かれても、それぞれの語りの"とき"に"いま"がだぶってくるからには

かならない。しかしそれに向き合う語り手はいるのである。
　まさに、こういう語りこそ、

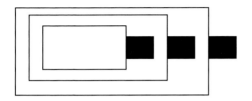

　という、ゼロ記号化して「辞」をもたない語りを重ねた
語り、あるいは、それぞれの "とき" に、それぞれ（の "と
き"）に（語る「私」に）語られる「私」（に向き合う語り）
なのである。

Ⅶ・語りの輻輳

語りの錯綜を見届けている語り

　こうして、「私」に語り出されたはずの語りは、いつの
まにか入子になった語りの一人歩きを前にして、「私」へ
と収斂させる手綱を失い、「私」は《語られるもの》と同列に、
背後へと退いてしまっているようにみえる。それは、まるで、

　　……自分が自分の言語の総体に、秘かですべてを語り
　得る神のように、住まってはいないことを学ぶ。自分の
　かたわらに、語りかける言語、しかも彼がその主人では
　ないような言語が、あるということを発見するのだ。そ
　れは努力し、挫折し、黙ってしまう言語、彼がもはや動

かすことのできない言語である。彼自身がかつて語った言語、しかも今では彼から分離して、ますます沈黙する空間の中を自転する言語なのだ。そしてとりわけ、彼は自分が語るまさにその瞬間に、自分がつねに自分の言語の内部に同じような仕方で居を構えているわけではないということを発見するのであり、そして哲学する主体……の占める場所に、一つの空虚が穿たれ、そして無数の語る主体がそこで結び合わされては解きほぐされ、組み合わさっては排斥し合うということを発見するのだ。
（ミシェル・フーコー（豊崎光一訳）『外の思考』）

という言葉を思わせる。それは、「私」というひとつのパースペクティブへと収斂させる語りとはまさに逆の、「私」はまさに語った瞬間から、その自らのことばに独立され、それに《語られるもの》へと転換してしまうかのようなのである。
　各語りは、どういうパースペクティブに収められるのか、たとえば「私」の独り言と「目というものがあるのに」という述懐さえ、語っている"いま"との距離が明白ではない。言い換えれば入子になった語りの行方、位相の異なる語りの距りは、誰のパースペクティブなのかはっきりせず、その結果、多層化した入子の差異が互いに共鳴しあいながら並列に、うつつと夢の境界線が朧に、《語るもの》と《語られるもの》との関係を錯綜させて、語られている位相を二重映し三重映しの輪郭の滲み合った曖昧さへと変えてしまっている。だが、それを見届ける視線を見失っていると

「眉雨」論

考えるのは間違っている。語りの涯まで届く視線は、暈されているにすぎないのだ。

《語るもの》と《語られるもの》とが並立するとき、私が語ることも、私に語られたことも、位相差を顕在化せず、そういう語りによって、語るとはどういうことかを語っている、といっていいのだ。そして、語るとは、語られたものに語られることなのだ、と。

予言としての「先導獣の話」

そう言えば、初期の「先導獣の話」では、「私」は先導獣について語りながら、しかし語っている私自身が、先導獣になってしまっている皮肉な巡り合わせが語られていた。

一見傍観者の如く、「私」は安全なところから先導獣について語り始めながら、最終的には、語ってきた私自身が、自分が語った《語られたこと》全体から、逆に語られてしまったのであった。

　そしてある夕方、静かなノックがして、蒼白い雨の午後の光の中に、あの先輩が幽霊のように立った。この人までがやって来るとは驚きだった。どうせ、皆が行ったからには自分も行かなくてはなるまい、と思って来たのだろう。それでは、彼もまた皆と同様に、私の武勇伝について軽口を叩くのだろうかと、私はいくらか眉をひそめるような気持になった。ところが彼は私に近寄るや、「困ったことになりましたねえ……」と言ってベッドのそばの椅子に腰を下ろし、それからもう一度、「ほんとに、

187

君、困ったことにね……」とつぶやくと、まるで自分自身のことのように頭を抱えこんでしまい、夏至にまもない雨の日が室の内側からようやく暮れはじめた頃になっても、まだ黙って坐りついていた。

このとき、それまで「大人しい分別に従って」「自分をいつまでも幼く物狂わしいままに保っている」《先導獣》に「私」が擬してきたはずの先輩に、虚脱してデモに巻き込まれた「私」自身が、逆に、「あまりにもいたいけな自我感に耽っ」た《先導獣》そのものとして同情されており、これによって、「私」の《先導獣》についての語り全体、つまりは作品全体が、《先導獣》の暗喩となってしまっているのである。

つまり、《見るもの》であった「私」は、《見られるもの》であったはずの先輩に、自分の貼ったレッテルを貼り返されたに等しい。そのことによって、「私」が《先導獣》になってしまったのであり、結局「私」が自分の外に《見ていたもの》は、自分自身であり、それは自分自身の投影でしかなかった、ということなのである。

それは、自分のパースペクティブの入子にしていた、もう一つの幻のパースペクティブということになる。いや、そうではない。逆なのである。語られたものとは「私」の見たものであり、語る「私」はまた、語られたものに「見られるもの」である。とすれば、「私」のパースペクティブが、「私」の幻の投影でしかないとすれば、「私」のパースペクティブ自体、もともと、その幻のパースペクティブに、逆

に入子にされていた、というべきかもしれないのだ。かように、語る「私」のパースペクティブ全体が、語られている“とき”にいる「私」によって、転倒されてしまったのである。

語る私が語られるものに語られる

《語る》「私」が、《語られるもの》によって、逆に《語られるもの》になる、それは、《語られるもの》を語ることによって、自らを《語られる》ことになること、いま「眉雨」で、この転倒が、細部に互るまで相互に、徹底的に果たされているのである。

それは、「私」が、語られるものにとってかわられること、しかも、その語られるものの層が解き放たれ、並列にバラバラになっている。それは「私」のパースペクティブの解体であると同時に、「私」を語る「私」の解体でもある。ちょうど「語り手」のパースペクティブが解体されることを通して、内包する語り手が解体されたのと同じである。そのとき、語り手そのものは消滅するのではない。とすれば、語り手は何に向き合うのか。

一見エッセイのように、語る主体が安全なところから語り出しながら、いつの間にか、語っている全体から自分を語られてしまっていた。いま、「眉雨」で、その転倒へ、螺旋のように一巡して、回帰してきたように見える。

だが、語り手とはもともと一行ごとに、幻に向き合い、その一瞬に、過去から未来が紡ぎだされる。その語りの瞬間を、「眉雨」はこう書き留めていたではないか。

何事か、陰惨なことが為されつつある。人を震わすことが起りつつある。

　あるいは、すでに為された、すでに起った。

　過去が未来へ押し出そうとする。そして何事もない、何事のあった覚えもない。ただ現在が逼迫する。

　逆もあるだろう。現在をいやが上にも逼迫させることによって、過去を招き寄せる。なかった過去まで寄せて、濃い覚えに煮つめる。そして未来へ繋げる。一寸先も知れぬ未来を、過去の熟知に融合させようとする。

　その一瞬、現在に三つの時が収斂する。つまり、過去についての現在、現在についての現在、未来についての現在が集中する。眼前に、なかった原因があったかのように、結果を招き寄せる形で、語られていくのはその瞬間からだ。古井氏は、「眉雨」の中で、その切迫した、語り出しそのものの一瞬を拡大鏡にかけたように現前化してみせている。

語りのフリーハンドが広がる

　その語り手のいる一瞬の "とき" に、ありもしない現在過去未来が集約され、顕われる。そういう "とき" に向き合うとき、語り手になる。いや、そういうように向き合う視線によって、語り手の前に、一瞬が収斂する。その語り手をも視野に収める語り手があれば、語り手の "いま" は語られるものへと変じ、その語られるものが視野に収めていたパースペクティブは、遠近法の消失点を後退させていよいよ遠のき、一方で語り手は無限に作家へと接近し、語

り手と語られるものとの距離は広がる。

　語り手のいる "とき" と "ところ" は、作家と語り手の語り出すものとの間にある。語り手は、私小説家の「私」（一瞬の "とき" は限りなく作家の「私」へと収斂する）と語り手としての「私」（一瞬の "とき" に顕われる、ありもしない現在過去未来と向き合う）との間、《語ること》と《語られること》との間、《語るものが語ること》（＝語られること）とそれを《語ること》との間、あるいは《語るものが語ることを語ること》（＝語られること）とそれを《語ること》との間……、つまり作家の「私」と作品との間の、幾層にも亙る無限の "とき" の懸隔にある。

　しかし、その視点を暈すとき、その語りは、一瞬の "とき" からの演繹する語りのパースペクティブをもたない私小説に背中合わせで似ていく。似ていくとは、語り手が「私」と自分を語ることと、語り手が「私」という一人称で語るものを語る、との狭間に立つことにほかならない。一方で限りなく作家の「私」に近づく、他方で限りなく遠ざかれる、「私」のうつつと夢との領域への語りのフリーハンドが広がったのである。

　そういえば、バタイユについて語るフーコーは、まるで古井氏のことを語っているようではないか。

　……バタイユの作品はこの分裂を、言葉のさまざまに異なる水準への絶えざる移行によって、言葉を口にしたばかりの〈私〉、もうすでに言葉を繰りひろげたり言葉の中に腰を据える用意ができている〈私〉に対する組織

的な断絶によって、はるかにまざまざと示しているのだ——時間における断絶（「私はこれを書いていた」とか、さらに、「私が後もどりして、またこの道を行くなら」）、言葉とそれを語る人とのあいだの距たりにおける断絶（日記、手帖、詩、短編、省察、論証的言説など）思考し書く主権性に内部的な断絶（著述、無署名の文章、自分の著述に寄せる序文、付加したノートなど）。そして、哲学する主体のこの消滅の中核をこそ、哲学的言語は迷路の中でのように前進してゆくのであり、それも主体をふたたび見出すためにではなくて、その喪失を（しかもその言語によって）限界に至るまで、ということはその実体が現出する、だがすでに失われ、全面的にみずからの外に拡がって、絶対的空虚に至るほどに自己を空虚にされて現出するあの開口に至るまで、経験するためなのだ——……。（フーコー・前掲書）

Ⅷ・語りの新たな地平

「眉雨」の位置

　『山躁賦』（1982年）で、旅をする「私」とその「私」を語る「私」、あるいはその向こうに夢幻を見る「私」と夢幻の中の「私」は、区別されることなく、並列され、そうすることで語りの領域は格段に広がっていったが、そのパースペクティブが曖昧化することによって、『仮往生伝試文』（1989年）では、宙吊りされた「私」をよそに現前する「さまざまに異なる水準」の語りによって、語りの奥

行が広げられた。ちょうど「眉雨」（1986年）はその中間にある。

　小説というものにしつらえられた垣根は問い直さなくてはならないのかもしれない。「眉雨」の試みた、語りのパースペクティブの喪失は、確からしかった語りの主体そのものの崩壊、一点に集約される視点の解体そのものを、どう語るかという課題への、ひとつの解答のようにみえる。

パースペクティブを解体することの意味

　たとえば、風呂敷のように何重にもゼロ記号を包み込んだ語りは、ちょうど消失点を無限大にすることが、認識の深度に等しいように、"いま"語ろうとしている語りの奥行は、消失点を前へ前へと遠ざけていくとき、語りの視点を後ろへ後ろへと後退させていくのに釣り合っているはずである。

　なぜなら、語っている"いま"と"ここ"を失わないからこそ、その語りの奥行を可能にする。

　しかし、辞をもたない語り、ゼロ記号化した語りの入子を重ねた語りならどうか。そこには語っている"いま"も"ここ"もない、幻想も現実も区別する指標はない。

　ゼロ記号の重畳化によって、語られる「詞」は、「私」という語り手の"とき"の統制から解き放たれる。それは、語り手の語っている"とき"の重要性を鞣すことだ。"いま"と"そのとき"と"かのとき"（の「私」）との違いはなくなり、語りにおける主体の意味そのものを変質させることになる。

むろん、それは語りのパースペクティブをバラバラにすることであって、語りの奥行そのものがなくなることではない。

　「私」が「私」を客観する時の、その主体も「私」ですね。客体としての「私」があって、主体としての「私」がある。客体としての「私」を分解していけば、当然、主体としての「私」も分解しなくてはならない。主体としての「私」がアルキメデスの支点みたいな、系からはずれた所にいるわけではないんで、自分を分析していくぶんだけ、分析していく自分もやはり変質していく。ひょっとして「私」というのは、ある程度以上は客観できないもの、分解できない何ものかなのかもしれない。しかし「私」を分解していくというのも近代の文学においては宿命みたいなもので、「私」を描く以上は分解に向かう。その時、主体としての「私」はどこにあるのか。（中略）この「私」をどう限定するか。「私」を超えるものにどういう態度をとるか。それによって現代の文体は決まってくると思うんです。（古井由吉『「私」という白道』）

　語りのパースペクティブの解体とは、《語るもの》と《語られるもの》との距離によって語りの奥行を測るのではなく、《語られるもの》の寄せ木細工の中に、時間的空間的制約を脱した、無限の語りの幅と奥行を可能とすることであり、そのすべてを語るためには、《語るもの》を視点とした《語られるもの》の布置ではない、新たなパースペク

ティブの支点を創出することを意味するはずである。

　なぜなら、「語り手になる」のが、語られるべきものに向き合うときだとすれば、語る支点（視点）は、語られたパースペクティブの入子化に向き合ったときと、語られたパースペクティブの並列（併置）化に向き合ったときでは、その支点（視点）の取り方は異ならざるをえないはずだからだ。

　それを、強いて図式的に比較してみるなら、扇状の視界が、ひとつの視点から内側に入子のように重なっている語りに対して、いくつもの視点からの視界が、いくつもの扇を多少重なり合いながら、並列に並んでいる語りの違いといえる。

多元化された語りを束ねる支点

　それは、入子のパースペクティブが語っている "とき" の一点に収斂して、語りの奥行がその一瞬に共時化される語りの構造であるのに対して、語りの支点（およびそれを語る語り手）のそれぞれが、別々の "とき" にバラバラに並列（併置）される語りの構造である。そこでは、語り手の "いま" というひとつの支点ではなく、（内包される様々な語り手の）多元化された語りのレベルを束ねる新しい語りの支点を必要とするはずである。

　バラバラに解き放たれた、深度の異なる語りのパースペクティブに向き合う（語る）ことによって、一点に集約される語りはなし崩しにされ、新たな語りの束ね、それは、いままでの確からしかった中心の「私」からのパースペク

ティブの逸脱、ずれ、あるいは、そうした逸脱、ずれ自体とも向き合う（語る）ことであり、そういう語られることの多様性、いや《語る》《語られる》ということ自体が既に不要の、そういう寄せ木細工のようなパースペクティブにどう向き合う（語る）か、あるいはそういうバラバラで多焦点のパースペクティブをどう創り出す（語り出す）かという、新しい《語り》への向き合い方について、「眉雨」の解き放った、語りの新たなパースペクティブを、中上健次氏は「眉雨」の二年半後に連載を始めた『奇蹟』で、内包する異質な語り手を一気に解き放ち、その輻輳する語りという、異なる方向から、もうひとつの解答を出している。

『奇蹟』の語りのもつ意味

「眉雨」が、「私」の語りの、幻と夢と想い出と"いま"とが重なり合う重層性を、『奇蹟』はトモノオジの語りの、うつつと想い出と幻との入子細工の多義性によって現前化してみせたのである。

本来、「辞」は、それによって、語っていることを主観的な彩りに変えることを意味している。しかし、それは語るものと語られるものとの境界が明確なときでしかない。もし、語りが、語り出している"とき"そのものまで消失しかねない茫漠とした霧に包まれ、ふいに霧の中から現前化するのが、たえず"いま""ここ"としたとしたらどうなるのか。

中上氏の『奇蹟』は、『地の果て至上の時』の〈物語の物語〉である。それは、モンの語りのパースペクティブに

収斂した『地の果て至上の時』の語りをさらに相対化させた、語りの「辞」の相対化を徹底させたものとなっている。『地の果て至上の時』では、語りの語りというモンの語り（のパースペクティブ）に一元化することで、語りの奥行（という物語のカタチ）を駆使し、語りを重層化、多層化したのだとすれば、『奇蹟』では、同じように、見かけ上はトモノオジ（の幻覚）の語りに収斂していくような語りの射程は、しかし、その奥行をどこまでたどっても、いつのまにかはぐらかされ、その代わりに、語りの奥行（という深度）の違う語りのすべてを、洗いざらい棚卸しするようにさらけ出し、そのすべてを横並びにしてみせたのである。こうした、「物語」の語りの奥行と幅を自在に使いこなしてみせる手際こそ、中上氏自身が、

　　『奇蹟』の場合、どんなふうに突っ走ったかというと、語りもの文芸を導入するという方向にです。読者は現代人だから当然、語りものに慣れていませんよね。もう忘れてしまっている。それでも強引に、文章をたわめてでも突っ走っていくというのをやってみた。（渡部直己氏との対談）

と述べていた「語りもの文芸を導入」の意味にほかなるまい。
　語り手によって語られることとの奥行のすべてが、語り手のパースペクティブから解き放されることによって、語られることのすべてが同列に展開され、それは一見、語り

のパースペクティブそのものの解体に見える。確かに、語りの深度の違いが鞣され、彩りの違う語りが並列にされて、かえって物語に内包する（ゼロ記号化したはずの）語り手が解き放たれ、別々の語りが並んだように見える。しかし語り手が向き合う（語る）ものが変われば、語りのパースペクティブは変わる。ここにあるのは、語り手が、入子の語りの深度をひとつの"とき"に収斂する語りではなく、(ゼロ記号化した語り手たちの語る）入子の語りすべてが併置される語りに向き合っている、語る"いま"も語られる"あのとき""そのとき"も眼前に一斉に店開きする、新たな語りのパースペクティブなのである。しかし、これはまた別に論ずべき問題である。

「眉雨」論

著者略歴

高沢公信（たかざわ　きみのぶ）

本名　杉浦登志彦

略歴：1946 年生まれ。愛知県名古屋市出身。
早稲田大学第一文学部哲学科社会学専攻卒。
総合労働研究所において、ＬＤノート編集長、
教育開発部門長等を経て、90 年よりＰ＆Ｐ
ネットワーク代表。

著書：『発想力の冒険』（産能大出版部）、『新
管理者のライセンス（共著）』（さくら総合研
究所）、『発想力を鍛える』（産業能率大学）、『企
画力を強化する』（同）、『発想力技法ハンド
ブック』（同）、『ケースで学ぶマネジメント（共
著）』（同）他。

古井由吉・その文体と語りの構造

2023 年 1 月 7 日初版第 1 刷発行

著　者　高沢公信

発行者　柴田眞利

カバーイラスト　浅羽容子

発行所　株式会社西田書店

〒 101-0065 東京都千代田区西神田 2-5-6 中西ビル 3 F

Tel 03-3261-4509 Fax 03-3262-4643

http://www.nishida-shoten.co.jp

印刷・製本　エス・アイ・ピー